RIO ABAIXO

Vaqueiros e mulheres de muque

Domingos Diniz

RIO ABAIXO

Vaqueiros e mulheres de muque

MAZZA
edições

RIO ABAIXO Vaqueiros e mulheres de muque

Coordenação Editorial
Maria Mazarello Rodrigues

Coordenador da Coleção TeçaSeuCorpo
Edimilson de Almeida Pereira

Ilustrações
Demóstenes Vargas

Capa
Túlio Márcio

Revisão
Sandra Melo Dalcantoni e Mauro Eustáquio Ferreira

Diagramação
Elizabeth Miranda

MAZZA EDIÇÕES LTDA.
Rua Bragança, 101 – Pompeia
30280-410 Belo Horizonte – MG
Telefax: + 55 31 3481-0591
edmazza@uai.com.br
www.mazzaedicoes.com.br

Diniz, Domingos.
D585r Rio abaixo : Vaqueiros e mulheres de muque / Domingos Diniz ; ilustrações : Demóstenes Dumont Vargas Filho. – Belo Horizonte : Mazza Edições, 2014.

120 p.: il.

ISBN: 978-85-7160-625-8

1. Memórias. I. Vargas Filho, Demóstenes Dumont. II. Título.

CDD: 809
CDU: 82-94

Impressão e acabamento: Yangraf Gráfica e Editora

Dedico este livro:
a meus pais, Umbelina e Floriano Diniz (*in memoriam*);
a meus avós Izabel e *Chiquinho do Coqueiro* (José Francisco dos Santos) (*in memoriam*);
a meus filhos, Ângelo e Ricarda;
a meus netos, Arthur, Natália e Henrique;
a Sandra, minha esposa;
a Geraldo (*in memoriam*), *Zezé*, Floriano e Elmo, vaqueiros da nova geração; e
a todos os vaqueiros e mulheres de muque que lidaram e lidam dos gerais às barrancas do São Francisco.

Agradeço:
a meus irmãos Heitor, *Chico* e Hélia as informações sobre os vaqueiros e mulheres de muque, sem as quais não seria possível este livro;
a Ângela Dumont Teixeira a atenta leitura e judiciosas sugestões para elaboração dos textos;
a Sandra Melo Dalcantoni as observações e revisão dos originais;
ao romancista/barranqueiro José Antônio de Souza o incentivo durante os trabalhos deste livro;
ao professor Edimilson de Almeida Pereira, que me abriu o caminho para a presente edição;
a Mauro Eustáquio Ferreira a digitação, a revisão e o projeto gráfico;
e a Demóstenes Vargas as ilustrações.

Boiadeiro muito tempo
laço firme e braço forte
muito gado, muita gente
pela vida segurei
seguia como num sonho
e boiadeiro era um rei...

(GERALDO VANDRÉ E THÉO.)

Sempre acontece essas luta grande assim de vaquero. E a gente, que anda no mato, que andava cum boi naquele tempo, curria cum boiada, essas coisa assim; fazia – como diz a história do doido – das tripa coração! Purque... ou fazia ou num dava conta do serviço, que é um serviço pesado mesmo! Hoje não, que hoje tudo é uma beleza, hoje num tem defilculdade im tudo (sic).

(SILVA, Benedito Januário da – Benedito Vaqueiro, 47 anos. Coronel João Sá). *In:* QUEIROZ, Washington (Coord.). *Histórias de vaqueiros:* vivências e mitologia, 2. Salvador: 1988. p. 53.)

Sumário

Segunda parte – Mulheres de muque

Terceira parte – Arremate

Prefácio

MESTRE DOMINGOS DINIZ, meu mestre vaqueiro, seu livro tem justo o que você quer que ele tenha: a eficácia da simplicidade.

Não é linguagem de literário, como você disse. É conversa de boca do forno, de beira de fogão, de quentura de fogueira.

Tem um gosto de fruta que a gente tira do pé e come na hora.

Gosto do leite tirado do peito da vaca e dado a beber ao menino guloso.

Um livro de memórias, que conta o acontecido sem confeitos de linguagem.

E, por isso mesmo, com certo visgo de língua, certo encanto no contar, que transmite a sensação da coisa viva.

Então temos vaqueiros, vaquejadas, perseguições de reses, acrobacias no lombo de cavalo. O movimento áspero, lépido e generoso das fazendas.

Você narra direto, mas, sem simplismo, sua prosa dos dias e das horas e, como recorda bem o que viveu e viu contar, põe na conversa um tempero do bom contador de histórias.

Retratos sucintos, expressivos, de uma galeria de homens que labutaram no universo dos currais. E umas duas ou três mulheres com a força telúrica daquele mundo. Mulheres de muque.

Mais que na ficção, quando estamos diante da verossimilhança, o livro põe-nos diante da verdade, porque é vida vivida.

E morte morrida, não, morte inventada. Nas frases curtas, objetivas, sinalizando o fim, você deixa um nó no peito que machuca mais, que acocha mais a dor do ser perdido.

As frases de sua gente trazem aquele tom que é bem do povo do sertão. Você tirou da boca e transferiu ao papel. Tirou dos ontens da memória e pôs nos hojes do narrado. As palavras de *sá* Branca falam dela mesma e de todos nós: "Debaixo do sol ou da chuva, plantei e colhi e comi da colheita. Colheita magra, bem verdade, mas colheita".

Estou aí e sei que você está também. Estamos todos nós, nas andanças da vida, labutando, pelejando, semeando no duro solo que ora nos devolve e ora engole os frutos de nossas sementes.

Seu *Rio abaixo* está indo rio adentro, com sua voz personalíssima, narrando o mundo a seu jeito, fiel ao real, com o toque de naturalidade e calor humano que é tão próprio do meu Mestre Domingos de Pirapora.

José Antônio de Souza

Romancista, dramaturgo e barranqueiro de Januária,
reside em São Paulo

Introdução

Nos Gerais, de madrugada

O DIA FOI EXAUSTIVO. Os últimos dias de campo no São Domingos. O gado de Júlio e *Chico* já tinha vindo para o São José quase todo. Se faltasse, era coisa pouca. Algum resto de gado que bate lá pra cima da "passagem do Surunga", dizia Randolfo. Júlio, *Chico*, Heitor e Serapião tinham acabado de jantar. Cada um arrumava sua cama. Esteiras estendidas no chão batido.

A casa era nova, coberta de palhas de buriti. Os currais também novinhos, todos de aroeira. Vaga-lumes iluminavam os currais e o terreiro da casa como se ali houvesse caído um punhado de estrelas. Do fundo da vereda vinham urros de um macho da *sucruiú* e uma coruja piava em cima do cupim. Das palhas novas recendia um perfume gostoso de mato do brejo. O perfume, aliado ao cansaço, fez com que todos agarrassem num sono pesado.

Lá pras quatro horas da madrugada a bezerrada, no curral, começou a berrar forte, acordando todo mundo. Relâmpagos entravam pelas frestas das janelas e portas, clareando a casa toda. Uma chuva grossa batia nas palhas e escorria em bicas pelos beirais da casa. Como não havia pasto fechado para prender as vacas paridas, leiteiras, estas, apartadas dos bezerros, eram soltas na larga. Os bezerros berravam de fome. À tarde, as vacas não vieram para dar-lhes de mamar. Eram berros bonitos, politonados. Berros graves dos bezerros taludos. Berros de contralto das bezerras medianas, agudos dos novinhos, que se viram apartados das mães, pela primeira vez.

Os canarinhos repicavam o trinado, seguidos por um bicudo lá na beira da vereda. A chuva continuava menos grossa. Todos se levantaram. Júlio cuidou de coar o café ralo e doce. Serapião subiu no mourão da cerca do curral e bateu o berrante como jamais tinha tocado antes. Dobrava e redobrava um som rouco e forte. Do fundo do mato fechado foram aparecendo vacas. Uma, duas, cinco, dez, vinte, trinta. Berravam. Saltitavam. Davam *popetas*, jogando as ancas para o ar. Duas vacas brigavam com as pontas dos chifres. Serapião redobrava o som do berrante, que batia nos contrafortes do morro Vermelho e reverberava nas cabeceiras das veredas todas. E foi chegando gado. Novilhas, bois, o garrote amarelo que Júlio comprara da Marambaia. O garrote turrava e cavacava a terra molhada com as patas dianteiras e com os chifres. Até os bois carreiros chegavam com as argolas nos cornos tinindo. A bezerrada berrava mais ainda e as vacas respondiam com mugidos chorados.

Um trovão rolou soturno em meio às nuvens. Serapião largou o berrante e pôs-se a aboiar um aboio solfejado à boca fechada, numa requinta longa e demorada. Heitor arrepiou-se todo de emoção. *Chico* prendia as vacas no curral, chamando cada uma por seu nome. Júlio chegou com o café novinho acompanhado de um prato de requeijão cortado aos pedaços em losangos. Um bando de araras voou lá dos buritizais. Um casal de tucanos pousou num pé de capitão no fundo do quintal. Júlio, *Chico* e Heitor ordenhavam as vacas. Serapião foi buscar os cavalos, no pastinho. Sairiam cedo para campear na vereda de Lajes. Os cachorros corriam latindo atrás de uma raposinha. Vacas e bezerros deitados ruminavam no curral.

A chuva continuava fina, macia, mansa, criadeira.

Volto ao tempo das primeiras águas de minha infância na Fazenda Marambaia.

Marambaia, restinga encantada nas beiradas do córrego desmedido de esperanças. Onde das lágrimas se fazia o orvalho.

As fazendas Marambaia, Viveiros, Floresta e Boqueirão pertenciam à família Mascarenhas, das quais meu pai, Floriano Diniz, era administrador. Ele ainda cuidava da Mangueira e São Domingos, de sua propriedade. A matriarca, D. Umbelina, minha mãe, na ausência de *seu* Floriano, sempre viajando, cuidava da casa da Marambaia, com a ajuda das filhas *Sinhana*, Tercília, *Guidinha*, *Lalá*, Hélia e Antônia. Meus irmãos Júlio, *Chico* e Wilson cedo entraram na lida de vaqueiro. Wilson foi mais amansador de poldro bravo; deixou o campo para trabalhar no comércio, em Pirapora. Heitor, que mais tarde se tornou vaqueiro-mestre, iniciou-se na vaquejada ainda em calças curtas.

Foi nesse mundo que iniciei a convivência com os vaqueiros Manoel *Cabrito*, *Compadre* Mariano, Inácio *Veio*, *seu Cabrito*, Elpídio, Randolfo e muitos outros. À medida que eu crescia, aumentava a vivência com os vaqueiros, sempre tendo ao meu lado o primo *Baiano*. Esses meus heróis deram-me animação, sentido humano e vida.

Não me tornei vaqueiro. Menos por falta de vontade. Antes por me faltarem atributos essenciais à atividade, como: destreza, montado a cavalo, ao romper o cerrado fechado ao encalço da rês velhaca; a coragem de enfrentar, olhos nos olhos, o barbatão bravio na labuta diária. Faltar-me, sobretudo, o tino para o ofício e tudo assuntar, como ensinava o *Compadre* Mariano.

Meu pai obrigou-me a estudar, já que havia o ginásio na cidade. Escanchei-me na sela da burocracia do serviço público. Vadeei veredas, córregos e rios das letras, embora continuassem em meus ouvidos os cantos do carro de bois e do aboio.

Tento nadar no poço-perau da poesia. Tento vencer as águas duras da semântica. Tento fluir na vargem da musicalidade das palavras. Tento pentear os cabelos louros da mãe-d'água das metáforas. Tento deitar-me na rede, nas noites quentes e sentir a fresca dos hipérbatos. Tento amansar os oxímoros como se amansa uma potranca xucra. Tenho tutano pra tudo assuntar nas ciladas dos ritmos, das gradações, das aliterações e das imagens poéticas?

Continuo ouvindo os cantos do carro de bois e do aboio.

Continuo de pés descalços, chapéu na cabeça, montado a cavalo em pelo e de cabresto de uma banda, vadiando pelas fazendas

Marambaia, Floresta, Viveiros, Coqueiros, Mangueira, São Domingos e São José.

O sertão e os gerais dentro de mim. Todo sertanejo é vaqueiro.

Aqui estão vaqueiros e mulheres de muque. Com eles, toquemos a boiada!

Domingos Diniz

Primeira parte

Vaqueiros

Baiano

Baiano na roça correndo pra cima e pra baixo,
espantando passarinhos.

– BELO, Ô BELO! – gritava *Mariazinha*, chamando Abel para a janta.

Ele estava lá no curral, montando em bezerros. Seu nome de batismo era Abel Gomes Diniz, sobrinho de meu pai e nosso primo. Não sei qual o motivo do nome *Baiano*, que lhe puseram. Não tinha nem parente nascido na Bahia. Ele nasceu pras bandas do Pompéu, em Fortuna de Minas. Veio ainda menino pra estas beiradas do São Francisco. Morava com a mãe, *Tuzinha*, e as tias *Mariazinha* e Madalena (tia *Quita*).

Passei boa parte de minha infância na Marambaia, onde me fiz inseparável de *Baiano*, embora fosse mais velho do que eu alguns anos.

Eu e ele brincávamos de boi-de-sabuco (de milho) e de boi-de-osso. Fazíamos os currais debaixo do pé de gonçalo. Montávamos em cavalos de pau. Tudo que os vaqueiros faziam de verdade, repetíamos com os bois-de-sabuco e de osso.

Nos sabucos, punham-se os chifres de arame. Até vaca amojando se fazia. Prendia-se com barbante um pedaço de sabuco (o bezerro) a um sabuco maior (a vaca). Dava-se verismo à brincadeira. Certa vez, achei, no mato, um osso de boi diferente. Meio achatado, côncavo e com umas pontas. Era uma vaca, sem dúvida. *Baiano* deu-lhe o nome de *Cu Aberto*. Deu cria e era boa de leite.

Com as lavadeiras de roupa íamos pro córrego. Tomávamos banho o dia todo. Almoçava-se por lá, mesmo. Uma moça morena tomava banho *nuinha* no mangue, um pouco acima de onde ficavam as lavadeiras. Nós a espiávamos de cima do barranco. Era a nossa mãe-d'água. Ir ao poção era proibido. Só para quem soubesse nadar. *Baiano* engolia piabinhas vivas e mandava-me fazer o mesmo. Era para aprender a nadar. Só que não aprendi, apesar das muitas piabinhas engolidas. Fui aprender a nadar mais tarde, com meu pai, lá no Formoso, no São Domingos.

Mais tarde, *Baiano* foi pra Mangueira trabalhar de vaqueiro com *Chico* e Elpídio. Era esperto no campo e sabia lidar com as reses. Nas férias, eu ia pra Mangueira; ele me dava as vacas mansas e de peito mole para eu tirar leite.

Na vigia de arroz, estava *Baiano* na roça correndo pra cima e pra baixo, espantando passarinhos. Gritava, berrava. Às quatro da manhã, os pássaros já estavam no arrozal. *Baiano* também lá estava gritando, berrando todo molhado de orvalho. Eram nuvens de pássaros-pretos. Em bandos, esbarravam nos cachos de arroz, derrubando os grãos. Vinham, depois, caladinhos, pelo chão, comê-los.

As jandaias de papo sujo cortavam o cacho de arroz em pleno voo rasante. Pombas verdadeiras, ariris. *Baiano* feito doido com um bodoque na mão e uma capanga de pedras para atirá-las aos comedores de arroz. Punham-se espantalhos de todos os tipos. Os passarinhos, porém, não se intimidavam. Havia jandaias que iam comer o cacho de arroz em cima do espantalho e ainda lhe faziam cocô na cabeça.

Muito aprendi com *Baiano*, com quem tive a primeira noção da lei da gravidade.

– As coisas ficam presas à Terra porque a Terra roda com muita velocidade – dizia ele.

Para mostrar a veracidade de sua afirmativa, enchia de água uma vasilha de folha de flandre, em forma de copo com um cabo comprido. Ele pegava na ponta do cabo da vasilha e rodava, rodava e a água não caía.

Eu não entendia patavina. A Terra, pra mim, estava parada, quieta, não se movia.

Ensinou-me a masturbar. Dizia que, se a gente não masturbasse, não satisfizesse as "vontades", ficaria com a coisa represada e acabaria sendo *viado*, *xibungue*, *gay*.

Havia umas primas bonitas e desejadas. Então *Baiano* sugeria fazer a simpatia da formiga-de-onça, ou formiga-onça, como falávamos, a fim de possuir as primas. Coisa simples. Pegar a formiga-onça, colocá-la na terra molhada de xixi da mulher desejada. Depois colocar a terra numa caixa de fósforo, carregando-a no bolso da calça. Dizia-se que a simpatia era tiro e queda. Só que nunca conseguimos fazê-la.

A formiga-onça é a mesma formiga-chiadeira ou oncinha (*himenópteros*, da família *Mutilídeos*). A picada da fêmea é dolorosíssima. E para eficácia da simpatia há que se pegar a formiga-onça fêmea.

Da Mangueira *Baiano* veio pra cidade fazer o Tiro de Guerra e trabalhar. Depois, mudou-se para São Paulo, onde mora até hoje. Casou-se e teve filhos.

Aposentado, velho, na capital paulista, creio relembrar as coisas cá do sertão.

A gente sai do sertão, mas o sertão não sai de dentro da gente.

Cesário

Raramente ferroava os bois. Tangia-os só no grito.
Conversava com eles, que o entendiam.

VELHO BARRANQUEIRO QUE morava na beirinha do rio. O lugar era chamado Porto da Mangueira ou Porto de Cesário. Era canoeiro e conhecia as manhas do rio. Um homem forte, espadaúdo, pernas e braços compridos. Com o filho Marcelino, fazia o transporte de cargas, de canoa, da Mangueira a Pirapora e desta à Mangueira. Canoa grande, um paquete, em cujo piloto Cesário, assentado, comandava a embarcação. Na proa, o filho Marcelino remava e cantava.

Cesário era destes de muitas atividades: canoeiro, pescador, trabalhador na roça, carreiro, tirador de leite e, na época de embarcar boi, lá estava junto à vaqueirada.

Sabia a arte de carrear. O carro cantava bonito, em vários tons. Ouvia-se longe. A boiada, gorda e bem tratada, puxava por igual. Raramente ferroava os bois. Tangia-os só no grito. Conversava com eles, que o entendiam.

– Vamos, Galante! Vamos, Namorado!

– Puxa, Miraaante!

– Carrega, Cadeado! Ôa, ôôôaaaaa!

Pegou amor pela boiada carreira. Sua predileção era pelo de nome Galante. Um mestiço bonito, azulego, bem armado de chifres e sabia puxar na guia. Era cria da Marambaia. Cesário sempre falava:

– Quando Galante for vendido, deixarei de ser carreiro. Dito e feito. No dia em que a junta dos bois Galante e Namorado foi vendida, o carreiro nunca mais carreou.

Fazer rapadura era outra especialidade de Cesário. A moagem de cana sempre se dava no fim de junho ou em julho, quando a cana está madura.

A moagem era um trabalho divertido, que começava às duas horas da madrugada. O engenho de ferro era puxado por uma junta de bois. Punham-se quatro a cinco canas de uma vez. Ao serem esmagadas pelas moendas, as canas rachavam-se, estralando e espirrando garapa no rosto do moedor, que era *Chico*. A garapa caía como enxurrada no cocho, de onde era levada para os tachos, que ficavam nas fornalhas na rebaixa. Aquela tachada de melado cor de ouro e cheiro adocicado! A rapadura quente, na forma, o lufa-lufa de gente. Cesário e *Chico* eram mestres para dar o ponto do melado. Ali estava o segredo da rapadura.

Numa madrugada escura, sem lua, Cesário foi ao pasto, pertinho da rebaixa, pegar os bois pro engenho. Ouviu-se um grito feio de pavor e de medo. *Chico* e os demais trabalhadores que estavam na rebaixa saíram correndo para ver o que acontecera. Poderia ter sido atacado por uma *sucruiú* (sucuri). No meio do pasto, estático, estava Cesário. Tremia-lhe o corpo todo. Calado, boca aberta e olhos arregalados. Depois de um bom tempo conseguiu dizer algumas palavras perceptíveis.

– Fo-fo-foi um *lo-lo-bisome*... que passou aqui. Um cachorrão de todo tamanho!

Cesário era casado com D. *Martinha*, com quem teve os filhos Marcelino, Brasilino (*Basu*), *Zequinha* e Margarida.

Gostava de dançar o lundu e o carneiro. Respeitava o caboclo-d'água. Nunca viajava de canoa ou pescava sem levar um pedaço de fumo pro *compadre*.

Chico

O tempo da moagem. Buscar cana na roça no carro de bois. Carro cheio, cantando. Chico, o carreiro.

CAMPEANDO NOS GERAIS, de longe avistamos uma maloca de gado. Temeroso, perguntei:

– *Chico*, se o gado correr?

– Num tem perigo. Nós estamos montados e o gado a pé – respondeu *Chico* prontamente.

Chico punha os meninos nos cavalos e saíam pro campo. *Lili*, preocupada:

– *Chico*, *Chico*, os meninos vão cair!

– Do chão não passa – respondia, batendo na anca dos cavalos de cada menino.

Para ele o São José é um pedacinho do céu banhado pelo Formoso.

Dizia com uma cara boa:

– No São José você não adoece. Se adoecer, não morre. Se morrer, vai direto pro céu.

Aí está o segredo de *Chico* chegar aos 98 anos de vida, lúcido, bem humorado, cheio de confiança no ser humano e em Deus.

Nascido em 1916, filho do casal Floriano/Umbelina, *Chico* já encontrou os irmãos *Sinhana*, Tercília e Júlio.

Aos oito anos, *Chico* estava na Marambaia, o mundo de porteiras abertas para o menino. Ele e Júlio pintavam e bordavam. Na lida da fazenda já cedo. Tirar leite. Montar a cavalo. Campear com os vaqueiros. Aprendeu, como os outros irmãos, as primeiras letras com os professores, na fazenda.

Chico, vaqueiro dos bons. Os cavalos de sua sela eram ótimos de campo. De nomes: Faceiro, Canário, Baetão, Machado e outros.

Se havia trabalho muito, havia festas. Festa da folia de reis de *sô* Inácio. Festa de São João de *sá* Joana *Urucuiana*. Festa do Bom Jesus nas Pedras de Santana. Festa de Carnaval em Pirapora. Onde houvesse uma dança, lá estavam *Chico*, Antônio *Leiteiro* e Manoel *Cabrito*. Júlio e Agostinho não eram muito de festas. No Carnaval, *Chico* ficava os três dias na farra. Pagava ao primo Agostinho para fazer o serviço no seu lugar.

No fim dos anos 1930, *Chico* foi para Belo Horizonte curar-se do impaludismo e trabalhar com *seu* Clóvis, nosso tio.

Voltou para Pirapora. Mais precisamente para a Marambaia. Em 1943, casou-se com *Lili*. Um casal feliz, alegre. *Lili*, uma onça para trabalhar. Vieram sete filhos. Cinco meninas e dois meninos.

Chico foi administrar a Mangueira. Elpídio era o vaqueiro. Ajudantes: *Baiano* e *Chefe*. *Seu* Vicente cuidava dos porcos, das galinhas e das plantas do quintal.

De madrugada começava o trabalho no curral. Depois, ir à invernada levar sal para os bois de engorda. Olhar vacas amojando na Palmira e no Pasto Grande. Campear na Vereda Bonita, no Barreiro do Alto, na Gameleira, no Entre Riacho, no Bebedozinho, nas varjotas e na beira do Formoso. Bom, mesmo, era campear nos Gerais, no mês de julho.

Cá em baixo, na beira do São Francisco, no baixio, como se dizia, os pastos nativos começavam a secar já no mês de maio, principalmente se o ano fosse de poucas chuvas. Então o gado criado na larga – não havia cerca, misturando-se com o gado das fazendas vizinhas – subia para os Gerais, onde havia muita água nas veredas, e o capim era sempre verde. Pasto bom. Então, no mês de julho, os vaqueiros das fazendas Mangueira, Conquista, Bebedouro e São Domingos iam campear nos Gerais para cuidar de vacas paridas de bezerro novo (havia o risco de onça pegar os bezerros), vacas amojando e trazer o gado às fazendas para dar sal. Uma semana ou mais, longe de casa. Um frio danado. Miados de onças. Dormia-se no rancho coberto de palhas de buriti e paredes precárias. Cedo, o café e almoço. Ao meio-dia, a merenda – rapadura, farinha de mandioca e requeijão. À noitinha, a janta. Cozinha comunitária. Se acabasse o café, tomava-se chá de pau-terra.

Naquele tempo, os Gerais eram um desertão. Poucos moradores. Cerrado e brejos virgens. Muitos bichos: onça, antas, queixadas, caititus, guarás e pássaros diversos. O regresso. Os vaqueiros tangendo aquele gadão. Vacas paridas e amojando. Bezerros novos berrando e o aboio dos vaqueiros.

O tempo da moagem. Buscar cana na roça no carro de bois. Carro cheio, cantando. *Chico*, o carreiro. Tachadas de melado. Rapaduras quentes.

Chico e família mudaram-se para Pirapora. Os meninos foram pra escola. Voltou a trabalhar na Marambaia e na Nova Estância.

O São José, na beira do Formoso, é o pedaço de chão sagrado de *Chico*. Ali ele plantou a própria vida.

A fogueira nas noites frias de junho. *Lili* preparava a canjica, o quentão, o doce de leite. Ah! O doce de leite de *Lili!*

Agora, com a família, com os amigos, *Chico* (Francisco José Diniz) colhe os frutos que plantou ao longo dos seus 98 anos de existência. No dia 31 de agosto de 2013 *Chico* e *Lili* comemoraram, com muita alegria, 70 anos de união.

Que você, *Chico*, continue comandando a festa da moagem da cana colhida na roça da alegria e faça o doce de goiaba com o açúcar do seu afeto!

Que os carros de bois cantem a melodia da Marambaia, a harmonia da Mangueira e o ritmo do São José!

Compadre Mariano

Compadre Mariano esporeou o cavalo e seguiu na frente.
Acompanharam-no os outros, calados.

COMPADRE MARIANO, ASSIM o chamávamos por ser compadre de meu pai e de minha mãe. Era vaqueiro na Floresta. Como todos os vaqueiros, *Compadre* Mariano era de muita sabedoria. Tinha um raciocínio rápido e tiradas espirituosas. Conta-se que meu avô recebera uma carta de seu amigo, um padre franciscano que fora transferido de Pirapora para Divinópolis e, depois de a ler, passou-a ao *Compadre* Mariano. Embora analfabeto, o vaqueiro não titubeou, pegou a carta, virou-a pra cima e pra baixo. Devolveu--a a meu avô, dizendo:

– Padre só fala em Deus!

Na Marambaia, meu pai acabara de receber uma folhinha, na qual se estampava a fachada duma loja de Belo Horizonte. Passando--a pro *Compadre* Mariano, num repente este falou:

– Loja de *seu* Pedro Jorge! – antigo comerciante de Pirapora.

Havia uns bois que tornaram brabezas. Então, juntaram-se os vaqueiros, *Compadre* Mariano, Inácio *Veio*, *sô Cabrito*, Silvino e

Júlio, para pegar os bois bravos, que, segundo diziam, estavam batendo na beira da linha (do trem de ferro) de Aarão Reis a Buritis das Mulatas. No dia marcado, saíram pra campear, em seus melhores cavalos. Seguiam em fila indiana, ora conversando, ora calados. Beiraram a linha, passaram por Aarão Reis, desceram até o *Gararä*. Nada de bois. Já de tarde, chegaram a Buritis das Mulatas, onde dormiram. No outro dia, saíram com o nascer do sol. Margearam a Pedra da Brígida e subiram a serra. Seguiram pelo espigão até o morro do Trinchete. Ali, *Compadre* Mariano esbarrou, olhou pra baixo e pra cima, mirou o sol e disse:

– Gente, vamos cortar daqui direto pro Mocambo. Os bois estão lá.

Os vaqueiros entreolharam-se desconfiados, descrentes. Um murmurou:

– Esses bois nunca andaram por lá.

Compadre Mariano esporeou o cavalo e seguiu na frente. Acompanharam-no os outros, calados. Próximos do local indicado, *Compadre* Mariano parou e deu as ordens:

– O gado está no outro lado da grota. Eu e mais um vamos pela cabeceira e os outros, pela minha mão esquerda.

E arrematou:

– Atentos, pois o gado vai correr.

De fato, os bois estavam ali, numa clareira em que o capim havia sido queimado e rebrotara com vigor e viço. Como relâmpago, os bois arrancaram numa carreira só. Os vaqueiros esporearam as montarias e deram um grito que ecoou longe. Só se ouviam o estalar de galhos quebrados e o bater dos cascos de bois e cavalos no chão duro. O mais bravo, um boi de quatro anos, curraleiro pé-duro, cumbuco, com as pontas dos chifres levemente voltadas para trás, peador fino, castanho-estrelo, rompeu debaixo da barba do cavalo de *Compadre* Mariano, que o seguiu emparelhado. O boi corria roçando o lombo nos paus-terras queimados, sujando-se de carvão. Entrou num mato de pura vaqueta. *Compadre* Mariano emparelhado com ele. O boi pegou a beira do córrego num tabocal fechado. O vaqueiro encostado nele. Com a vara de ferrão na mão e gritando. Atravessaram o córrego, subiram um barrancão e ganharam um cerrado fechado de tingui, gonçalo, sicupira branca e miroró, na beira da linha, quando passava o trem cargueiro apitando numa curva perigosa. O boi refugou, virou de banda, pra direita, prancheou, batendo com a anca no chão. Consertou o corpo e a carreira foi a mesma. O cavalo também deu uma guinada, prancheou. *Compadre* Mariano deu um grito agudo no pé do ouvido do boi. Entraram num capão de marmelada, saíram num tabuleiro, atravessaram uma lagoa funda e ganharam um varjão bonito. O boi parecia ter asas nos pés, voava. Vaqueiro e cavalo relampagueavam. *Compadre* Mariano falou baixinho: "Agora vou brincar com este bezerro". Com a vara em riste, encostou no boi, dando-lhe duas ferroadas no lombo, nos meios. O boi jogou as patas traseiras pro ar num belo salto, fungou, esticou o pescoço e correu ainda mais. O vaqueiro cravou as esporas no cavalo e chicoteou-lhe a anca. Cavalo e boi eram dois coriscos no meio da vargem. *Compadre* Mariano aprumou-se na sela, firmou os pés nos estribos e caminhou na anca do boi com a vara de ferrão. Foi um quedão bonito. O boi virou as pernas pro ar, correndo uns cinquenta metros com o lombo no capim. O vaqueiro pulou do cavalo ao chão, imobilizou o boi, passando-lhe o rabo entre as pernas. Com a outra mão, pôs o laço na cabeça do bicho. Deu-lhe um tapa na barriga, gritando:

– Conheceu vaqueiro, trem ruim?!

Amarrado, o boi bufava, berrava. Arrepiou-se-lhe todo o pelo. Com as patas dianteiras cavava o chão furiosamente. Arremetia-se contra a árvore na qual se achava atado. Escoiceava o vento e a própria sombra.

Deixou o boi amarrado num pé de jacarandá e foi encontrar-se com os outros vaqueiros, perto de Buritis, onde o gado estava rodeado.

À tardinha, querendo escurecer, chegaram os vaqueiros à Marambaia. Na guia do gado, duetavam bonitamente Silvino e *sô Cabrito* num aboio em duas vozes, tornando dóceis os bois-brabezas.

Da casa da fazenda ouvia-se o aboio dos vaqueiros ainda lá do outro lado do córrego. As cozinheiras apressaram-se em terminar a janta.

Durante o jantar, cada um contava sua façanha diante dos bois bravos. Júlio, ainda novo, inquiriu *Compadre* Mariano como ele sabia do gado batendo no Mocambo. O velho vaqueiro acabou de tomar o café, colocou o caneco na mesa e disse:

– Semana passada, andei por lá campeando umas éguas e observei que a queimada estava uma beleza e não havia gado nenhum.

Júlio – continuou *sô* Mariano –, você é novo, vou te ensinar: o bom vaqueiro tem que ter tino. Tem de tudo assuntar.

Quando *Compadre* Mariano vinha à Marambaia, trazia pedaços de cana-caiana amarela com listras verdes e limas docinhas. Era uma festa para a meninada. Casou-se por três vezes. Ficava viúvo, casava-se. Ficava viúvo, casava-se. Conheci sua derradeira esposa, D. Maria Augusta, e os filhos, Raimundo, José (meu afilhado) e Maria. Conheci também Efigênia, filha da primeira esposa, casada com o vaqueiro Elpídio.

Ao enviuvar-se pela primeira vez, *Compadre* Mariano casou-se oito dias depois da morte da esposa. O casamento realizou-se em Várzea da Palma, na época distrito de Pirapora. O noivo e os padrinhos, *sô* Floriano, *Sinhana* e outros convidados foram hospedar-se na pensão, cujo dono era o pai da falecida; este recebeu os hóspedes com toda a atenção. Não aceitou, porém, o noivo, *Compadre* Mariano:

– Ainda ontem foi a missa de sétimo dia de minha filha e ele já vai casar com outra? Aqui na minha pensão ele não fica.

Compadre Mariano nasceu em Matozinhos, próximo de Pedro Leopoldo. Rapaz novo, trabalhou na fazenda da Jaguara, de propriedade de m.[r] George Chalmers, inglês, superintendente da Companhia Morro Velho, de Nova Lima. Não se sabe como chegou a estas beiradas do São Francisco. Não se esquecia da terra natal. Gostava de cantar estes versos:

De Matozinhos eu vim.
Pra Matozinhos eu vou.

Trem de ferro não quebrou as rodas
nem meu dinheiro acabou.

Aqui ficou meio obscuro, sem emprego, até que, numa circunstância singular, se fez conhecido.

Ainda não havia a ponte que liga Pirapora a Buritizeiro sobre o rio São Francisco. A travessia de gado de um lado para outro era feita a nado. O gado era jogado n'água, abaixo da cachoeira. Para isto há uma técnica: o lugar de se jogá-lo deve ser de barranco em águas fundas. Assim, a rês cai n'água e não pode voltar. Já o lugar onde se ganhará terra é bom que seja espraiado, raso e bem abaixo do local onde deve ser lançado. Aí a rês toma pé e facilmente chega à outra margem. Pelo lado de baixo ficam os vaqueiros embarcados em canoas para evitar que algum animal siga rio abaixo. Foi num instante desses que duas reses deixaram ser levadas pela correnteza. Na beira do rio encontrava-se um rapaz desconhecido, de olhares fustigantes, montado num burrinho. Nesse exato momento, o desconhecido com a corda laçou uma delas e içou-a à terra e, depois, a outra rês.

Seu Floriano, que comandava a travessia, entusiasmado, chamou-o para ser vaqueiro na fazenda Floresta.

Já velho, *Compadre* Mariano aposentou-se contra a vontade. Foi morar nas terras que adquirira na beira do córrego do Medo, no Gerais Velho, onde morreu.

Sua morte foi até engraçada. Segundo contam, o corpo não se esfriava de jeito algum. Já passadas 24 horas, o s.^r^ Silvério Pinto, fazendeiro da região, sentenciou:

– Ele não quer morrer. Não quer ir embora. Então vamos batizar ele outra vez.

Uma velha rezadeira sugeriu que banhassem o corpo dele com chá de alecrim-da-vargem, manjericão e capim-santo.

O fato de o corpo não esfriar depois de morto não é conhecido na literatura da medicina. Na Índia, atribuem esse fato às pessoas puras de espírito, iluminadas. Aos avatares.

Ao morrer, *Compadre* Mariano abriu a janela da vida. Desfez-se o enigma. Era um puro de espírito.

Elpídio

Elpídio deu um grito, arrancando o chapéu, e brandiu-o no ar como um general de cavalaria. O povo ria e batia palmas.

CHEFE, MEIO LORPA, QUE tocava berrante na guia do gado, chamava-o *Pide*. Antes, era vaqueiro na fazenda Viveiros. Depois, foi para a Mangueira. Elpídio fazia parte de uma família de vaqueiros. Era filho de *Cabrito Veio*, vaqueiro dos bons e irmão de Alcino, que morreu no córrego da Marambaia, afogado, de *Raimundinho*, *Topeu* (Domingos) e Manoel *Cabrito*. Elpídio era vaqueiro 24 horas por dia. Se pudesse, almoçava no lombo de um cavalo e dormia no curral. Tinha enorme entusiasmo para mexer com bois. Sabia o nome de todas as reses e conhecia o gado da fazenda, de longe. Era bom tirador de leite e melhor amansador de vaca. De manhã cedo, ainda com escuro, era o primeiro a chegar ao curral. Quando os companheiros chegavam, ele estava com as vacas presas e já tirando leite. Não largava do cachimbo. Às vezes, esquecia-o em casa. Então, da porteira do curral, gritava para sua filha.

– Ô *Sinhaninha*, traz meu cachimbo aqui – com voz de barítono.

Gostava de cantar baixinho. Era muito afinado. Cantarolava a moda da *Mula Preta*, sucesso na época. Um mestre no aboio. Vaqueiro auxiliar dele tinha que ser esperto, corajoso e bom.

Chegou à Mangueira um rapaz de nome Raul, à procura de serviço de vaqueiro. *Chico*, o administrador, admitiu-o.

Elpídio queria experimentar o *caboco*. Foram pro campo. Deram-lhe um bom cavalo de nome Queimadinho. Estava tudo combinado. Chegaram à Vereda Bonita; lá estava a maloca de gado, umas trinta reses. Falaram pro rapaz que fosse na frente e cercasse o gado. Este, ao invés de ir de mansinho, saiu correndo. Ao mesmo tempo o gado rompeu, em disparada, rumo ao cerrado fechado. Logo depois, voltou Raul, sem graça, dizendo que a sela tinha virado e ele caíra no chão. Elpídio não deu uma palavra. Esporeou sua montaria e saiu quebrando galho de pau e arrancando cascalho do chão. Num átimo, cercou o gado. *Chico* e Raul seguiram para onde estava o gado já rodeado. Elpídio encostou-se no cavalo do rapaz, pegou-lhe na rédea e armou o chicote de três pernas, dizendo:

– *Cumpadre*, vamos dar uma surra neste *muleque*?

O rapaz arregalou os olhos e empalideceu. *Chico*, rindo, disse:

– É melhor deixar pra lá; vai ver a sela virou, mesmo.

O pretendente a vaqueiro anoiteceu e não amanheceu. Nunca mais foi visto.

Elpídio era peão dos bons. Não havia cavalo bravo que não amansasse. Sabia acertar um poldro. Cavalo dele era bom de rédea. Havia um cavalo de nome Meia Preta, que não teve jeito, não amansou. Só Elpídio montava nele. Aconteceu um fato interessante: Elpídio foi ajudar a levar umas vacas pro matadouro, na cidade, montado no Meia Preta, que era bom de campo. Depois de deixar as vacas no matadouro, foi pegar uma encomenda no açougue de *Zé* Diniz. Amador, menino muito levado, quando Elpídio acabou de montar no cavalo, jogou na cara do animal uma bola de borracha. Foi a conta. O cavalo partiu saltando. Dava pulos e repulos, rodava e rodopiava. Punha a cabeça entre as patas dianteiras. Elpídio firme na sela. Batia de chicote e esporeava o bicho. O cavalo entrou pela avenida Paraná (hoje Rodolfo Malard) pulando e relinchando. Foi até a praça Melo Viana. Subiu na calçada do jardim. *Sô* Estevão, o jardineiro, saiu correndo, entrou na casa de *sô* Raimundo Soares, tremendo de medo, dizendo que o cavalo estava doido. O cavalo pulou até cansar. Elpídio deu um grito, arrancando o chapéu, e brandiu-o no ar como um general de cavalaria. O povo ria e batia palmas.

Foi também caçador de onça, como o irmão Manoel *Cabrito*. Possuía um cachorro onceiro de nome Gigante. Quando pegava a batida do felino, saía correndo com o focinho rente ao chão. Às vezes, distanciava-se do caçador. Então, parava, latia bem alto e repetidas vezes. Quando o caçador se aproximava, saía de novo na batida da onça. Encontrando-a, modulava o latido, que era conhecido pelo caçador. Acuava-a. Elpídio chegava e a queda da onça era certa.

Casado com Efigênia, teve só filhas mulheres: *Sinhaninha*, Djanira, Isabel, Rute e Luzevina. Não teve a sorte de ter um filho varão para deixar-lhe a sabedoria de vaqueiro.

Quando estava muito ruim, perto de morrer, em Pirapora, *Chefe*, o *lorpa*, fez-lhe uma visita. Ao perguntarem-lhe como estava Elpídio, respondia com a cara boa:

– *Pide* está com uma *miorinha* muito ruim.

Heitor

Conta Heitor que ele vinha com a boiada do Boqueirão para embarcar no trem de ferro em Buritizeiro. Segunda marcha. Sol a pino. Seriemas cantando.

HEITOR, FILHO DE *seu* Floriano Diniz e D. Umbelina, vem de família de vaqueiros. Tios e os irmãos Júlio e *Chico*. Wilson foi vaqueiro pela metade. Preferiu lidar com as fazendas de panos ou tecidos. Também cria da Marambaia, aonde chegou em 1924 com um mês de vida. Na viagem, para a Marambaia, Heitor recém-nascido ia a cavalo, no colo de tia Anita. Ao atravessar o córrego dos Coqueiros, não se sabe como, a criança caiu n'água sem, contudo, acontecer coisa grave. Foi só um susto da mãe Umbelina e tia Anita. Assim Heitor foi rebatizado nas águas do córrego. Um vaticínio de que ele seria nadador, pescador e corajoso cidadão do mundo rural.

Era menino arredio, introspectivo, como ainda o é hoje. Brincou como todos os meninos da roça. Tinha um companheiro invisível com quem conversava, chamando-o "compadre Piné". Aprendeu a nadar cedo, no Poção, onde só os bons nadadores se banhavam. Pescava na Cachoeirinha, nas lagoas e bongues. Ainda menino, montava a cavalo. Campeava com os vaqueiros. Moagem de cana com *vô Chiquinho*. Entretanto, já adulto, não gostava de moagem de cana nem de mexer com carro de bois. Seu mundo era o gado; era o curral; eram os campos gerais de veredas e buritis. Aulas com os professores Abraão, Maria Angélica e Inez Santos. Depois, no grupo escolar em Pirapora. Emprego na loja de *seu* Abdo Bechelene. Adoeceu. Não gostava de comida árabe.

De novo na Marambaia. Pegar passarinho na arapuca e no alçapão. Sabe tudo da flora e fauna deste sertão, das beiradas do rio aos Gerais. Dos bichos de pena – grandes e pequenos – conhece-lhes os cantos, o *habitat*, de que se alimentam e onde, como e quando chocam.

Voltou para a cidade, onde trabalhou na loja com o irmão Wilson. Casou-se com Maria Tereza Fernandes Leite, com quem teve duas filhas e um filho.

Decididamente Heitor não é da vida urbana, da pólis. Seu mundo é o lombo do cavalo. É ser vaqueiro de corpo e alma. Tornou-se administrador da fazenda Viveiros. Possuiu o São Sebastião nos Gerais do Formoso.

Depois veio para a Santa Isabel, mais próxima da cidade. Líder da classe rural. Sem abdicar de seus conhecimentos empíricos, adotou conhecimentos científico-veterinários para melhoramento genético do rebanho.

Seu vasto conhecimento de vaqueiro, Heitor aprendeu fazendo com os mestres Inácio *Veio*, *Compadre* Mariano, *sô Cabrito*, Randolfo, Elpídio, Manoel *Cabrito*, o tio Silvino e os irmãos Júlio e

Chico. Labutou ainda com os vaqueiros José Louzada, Manoel *Carreiro*, Manoel de *Quelé*, Serapião, Mário do *Coqueiro*, Napoleão e Adolfo. Este, inseparável.

Heitor possuía uma sabença toda sua em passar gado na ponte velha e embarcar boiada no trem de ferro.

Conta Heitor que ele vinha com a boiada do Boqueirão para embarcar no trem de ferro em Buritizeiro. Segunda marcha. Sol a pino. Seriemas cantando. Aboios em concerto com o berrante. Cavalos mordiam os freios e selas rangiam sob o peso dos cavaleiros, que contavam casos, fumavam. A boiada seguia lenta e pachorrentamente. Heitor passou uma perna por cima da cabeça da sela, comendo uma cabeça-de-negro suculenta e saborosa. Afundava os dedos no caldo grosso e amarelado arrancando o favo inteiro. Já na segunda metade da fruta, o vaqueiro João de Romão advertiu:

– Heitor, joga essa cabeça fora e apruma na sela.

Heitor não ligou. Continuou comendo a fruta. O gado seguia mansamente.

Nova advertência.

– Heitor, ordena João de Romão, atiça isso fora e conserta as pernas.

Num átimo a boiada estourou num arranco imprevisto. Os vaqueiros abriram o caminho e a boiada, em disparada, levou tudo de roldão. Derrubou arbustos e cupins. Saltou grotas e veredas. Seguiram-lhe os vaqueiros ao encalço. A muito custo, num beco sem saída, onde se encontravam duas grandes veredas, que formavam um ângulo agudo, os vaqueiros conseguiram rodear o gado. Tudo calmo, os vaqueiros foram comer a rapadura com farinha de mandioca e beber água da vereda. Heitor, curioso, perguntou a João de Romão como ele sabia o momento exato em que a boiada ia estourar. Respondeu-lhe João:

– Olha, Heitor, quando você *ver* que os bois da culatra vêm pra guia, quando você *ver* a boiada toda *arrupiar* o pelo..., o estouro é certo.

É devoto do Bom Jesus, do mártir São Sebastião e dos Santos Reis.

Foi bom jogador de futebol. Jogava na posição de *ralfe* esquerdo. Jogou no Bancários e no Comercial.

Caçador inveterado. Com Manoel *Cabrito*, Rui Santos, Ranulfo, Demóstenes e *Chico*, fez caçadas memoráveis.

Foi também pescador na bela cachoeira de Pirapora. Conhecia-a como os velhos pescadores. Sabia os segredos das pedras, dos *caldeirões*, das ilhas de aringas, dos rebojos e das águas em fúria. Só não chegou à ilha do Inferno, que era dos pescadores iluminados.

Hoje, viúvo de Maria Teresa, com 90 anos no lombo, vive em Pirapora.

Com rara memória fotográfica, Heitor é um bom papo, relembrando coisas de ontem. De uma Marambaia, de um Viveiros, de uma Mangueira, de um São Domingos, de um São Sebastião, que deixaram de existir há muito tempo.

Partículas da poeira cósmica do passado que não se desprega de quem o viveu.

Inácio *Veio*

Lá estava ele na guia do gado. Todo empertigado.
Deu um grito fino e alto e pisou ponte adentro.

INÁCIO *VEIO* ERA VAQUEIRO que não tinha medo de coisa alguma. Nem de defunto nem de tempestade. Só temia a Deus e a Santos Reis. Andava com um breve no pescoço, que o defendia de todos os males.

Embarcada a boiada, no trem de ferro, Inácio *Veio* foi assentar-se na beira do rio, em frente à cachoeira, em Buritizeiro. Aproximaram-se dele dois policiais militares. Indagado, disse ser vaqueiro de *sô* Floriano e estava ali descansando depois da labuta com a boiada.

– E essa arma na cintura? – perguntou outro policial.

Olhando para a faca, Inácio *Veio* disse ser instrumento de trabalho do vaqueiro e ele não era de briga. O militar, porém, tentou tomar-lhe a faca. O vaqueiro negou-se a entregá-la, o soldado deu-lhe um tapa na cara. *Sô* Inácio embrabeceu. Rodopiou, apoiando-se com as duas mãos no chão, começou a jogar capoeira, derrubando os soldados. Levantavam e caíam. Com a chegada de mais soldados, conseguiram imobilizar o vaqueiro, que chorava de raiva e rogava praga a um dos soldados:

– Você não vai até o fim do mês!

Na delegacia, depois de ouvido pelo delegado, *sô* Inácio foi solto. Uma semana depois, o dito soldado começou a sentir dores nas pernas. Foi recolhido ao batalhão em Diamantina, onde morreu, depois de lhe amputarem ambas as pernas.

Da Mangueira, Inácio *Veio* foi trabalhar no Viveiros, onde residia com a família. Era casado com D. Maria e tinha muitos filhos. A fazenda era de muitas terras e muito gado, sob os cuidados de Inácio *Veio*. Ele e os filhos davam conta dos serviços. O gado era bem tratado, como também os cavalos. Tropa boa, de campo. Cuidava também dos porcos. Era mestre para castrar porca. Depois de feita a castração, com as mãos sujas de sangue, limpava-as na barriga da porca, fazendo uma cruz e dizendo:

– Com os olhos em Deus.

Acima foi dito que Inácio *Veio* só temia a Deus e a Santos Reis. Ele era devoto dos reis santos. Numa ocasião, ele adoeceu. Ficou meio doido. Dizia ser um garrote. Turrava e cavacava o chão com os pés, como fazem os touros quando brigam. Tomou todo tipo de remédios. Garrafadas, de farmácia. Fez simpatias. Nada. Cada dia ele ficava pior. Então, D. Maria, sua esposa, fez promessa aos Santos Reis. Curassem-no e ele faria uma folia de reis pra sair todos os anos e fazer a festa em 6 de janeiro. Com pouco tempo, *sô* Inácio estava curado. Voltou a trabalhar normalmente. Daí pra cá a folia de *sô*

Inácio ficou famosa, conhecida em todas as fazendas. Dos Coqueiros ao Gerais Velho. Até no outro lado do rio.

Lembro-me muito da folia de *sô* Inácio. Os melhores foliões estavam na folia: cantadores e violeiros, como Roque, *Raimundinho*, *Zé* de *Quiel* (Ezequiel), *Topeu*, Roseno, Hermelindo e muitos outros; e o bandeireiro *Teodorão*, seu filho. Era uma festa quando a folia chegava à casa da Marambaia. A meninada deitava cedo. Dormir, ninguém dormia. Ficávamos esperando a caixa tocar, anunciando a chegada da folia. Faziam-se biscoitos, doces e janta. Tudo para os foliões. A folia chegava calada. Nem os cachorros latiam. Nem os quem-quens davam alarme na vargem. Ouvia-se o bater da caixa, seguido do ponteio da viola e das vozes dos foliões. O dono da casa abria a porta. O bandeireiro entrava e entregava-lhe a bandeira, que era colocada num lugar bem alto, depois de percorrer todas as dependências da casa. Cantavam-se os cantos de lapinha e o de agradecimento da esmola recebida. Servia-se o café com quitandas ou janta. Às vezes, uma pinguinha. Dançavam, depois, o lundu, o recortado ou guaiano, o carneiro. Todos dançavam. A poeira levantava-se. O folião-guia punha versos para o pessoal da casa.

Aconteceu um fato interessante. Foi na casa de João Pinto e *Mariazinha*. Na hora do lundu, no fervo do sapateado, *Zé* de *Quiel*, fazendo suas passagens, improvisou os passos. Num dos movimentos das pernas, a garrucha, que trazia à cinta, caiu no chão, disparando-se. Foi um corre-corre. Mulheres gritando. Felizmente a bala não atingiu ninguém, sumiu. Nem buraco no chão fez. Os foliões disseram que fora milagre dos Santos Reis.

Conta-se também que, depois de a folia cantar na casa da Marambaia, os foliões seguiram, a cavalo, para a Floresta, onde *seu* Mariano os esperava. *Sô* Inácio montou em seu cavalo, levando na garupa sua filha. Noite escura, prenunciando muita chuva. Ao chegar à Floresta, a folia foi recebida com salva de tiros de carabina. *Sô* Inácio deu por falta da filha, que não estava na garupa. Voltou correndo pelo mesmo caminho por onde passara. Encontrou-a, em pé, no barranco do córrego da Marambaia, onde ela havia caído do cavalo. Sã e salva.

A caçada era um dos divertimentos de *sô* Inácio. Gostava de caçar bicho grande como anta, na corrida. A cachorrada levanta a bicha lá no fundo da grota e o caçador põe-se no lugar por onde ela irá passar.

Com *sô* Inácio aconteceu um fato inusitado. Estava ele seguindo a batida de uma vaca, na beirada duma vereda; quando se assustou, estava pertinho duma anta. Esta correu e o vaqueiro atrás. Emparelhou com ela e a carreira continuava. *Sô* Inácio, do cavalo, pulou no lombo da anta, fazendo-a de montaria. Com a faquinha, tentava furar-lhe a barriga. *Sô* Inácio gritava e esporeava a anta, que entrou debaixo da galhada de murici, derrubando o vaqueiro ao chão e sumindo no cerrado.

Já velho e alquebrado, ele veio morar em Pirapora, no Barreiro (hoje bairro Santa Cruz).

Do quarto, onde se encontrava deitado num catre velho, *sô* Inácio notou movimentos estranhos na rua. Movimentos de vaqueiros, cavalos e bois... Espiou da janela e voltou à modorra matinal.

De fato, desde cedo a vaqueirada labutava em atravessar a boiada da Marambaia na ponte. De Pirapora a Buritizeiro. Eram duzentas reses divididas em *golpes* de cinquenta. Os três primeiros *golpes* foram dentro da normalidade. Tudo sob as ordens de Heitor Diniz. A encrenca foi no derradeiro *golpe*. Diz a sabedoria do povo: "O rabo é difícil de esfolar". E foi dificílimo. Ao imbicar na ponte, os bois empacavam. Não saíam do lugar. Amontoando uns sobre os outros. Por mais que os vaqueiros os ferroassem. Bois caíram embaixo da ponte. A cerca de arame cedeu e a boiada pulou o barranco, correndo pelas ruas do Barreiro. A custo, os vaqueiros conseguiram rodear a boiada. Acalmaram-na. O berrante tocou. Gritos e aboios. Tudo bem até chegar à boca da ponte. Boiada empacava. Berrava. Cagava mole. Não entrava na ponte de forma alguma. Foi então que Adolfo, vaqueiro experiente e sabedor de que Inácio *Veio* morava ali perto, sugeriu a Heitor chamar o velho vaqueiro, que tinha fama de ser ótimo guia para o gado entrar na ponte. Heitor, que, na época, ainda não tinha a experiência de passar gado na ponte, já foi com o cavalo arreado para *sô* Inácio. De início, relutou. Já estava velho.

– Isso é coisa pra vocês, meninos! Mas, como é pra você, Heitor, me dá o cavalo.

Antes, foi ao quarto fazer umas rezas e apanhar o chapéu.

Lá estava ele na guia do gado. Todo empertigado. Deu um grito fino e pisou ponte adentro. A boiada abaixou a cabeça, pegou passo e, com pouco tempo, chegava ao fim da ponte, em Buritizeiro.

Cada vaqueiro foi pedir a bênção ao Inácio *Veio*.

Um deles comentava baixinho:

– Esse *veio* sabe reza braba!

Júlio, o vaqueiro

De calça curta, pés no chão, chapeuzinho na cabeça, lá estava ele, com o irmão Chico (oito anos) brincando de boi de sabuco, correndo em cavalos de paus.

EM 1924, *SEU* FLORIANO mudou-se, com a família, para a Marambaia, da qual era administrador desde 1913, quando Júlio nasceu.

Assim, Júlio chegou à Marambaia com onze anos. Meninote, já andava a cavalo. Levantava-se às quatro horas da manhã para a lida no curral. Seu ofício era tocar bezerros para os tiradores de leite. Ele também ordenhava poucas vacas. Mais tarde, fez-se exímio ordenhador. Com os vaqueiros, ia, todas as tardes, juntar as vacas leiteiras, no pasto da beira do rio.

De calça curta, pés no chão, chapeuzinho na cabeça, lá estava ele, com o irmão *Chico* (oito anos) brincando de boi de sabuco, correndo em cavalos de paus. Atirando pedras em passarinhos e tomando banho no córrego.

Os meninos cresceram. Para ensinar-lhes as primeiras letras, *seu* Floriano levou para a fazenda os professores Abraão, Maria Angélica e Inez Santos.

Na Marambaia, D. Umbelina cuidava da casa, dos meninos. Plantava horta e jardim. A turma toda ia buscar água no córrego para molhar as plantas. Júlio, muito moleque, com a lata d'água na cabeça, seguia à frente de todos. *Chico*, mais atrás. Ao chegar ao topo da subida do barranco, Júlio derramava a água para fazer lama e a meninada escorregar e cair. Inclusive D. Umbelina. Ela xingava e ria. Todos riam.

Júlio cresceu. Rapazola, foi para Pirapora continuar os estudos e trabalhar na oficina mecânica de *Arlindão*.

Quem se encanta de alguém ou de alguma coisa há de cuidar bem delas. E não há alegria maior do que fazer aquilo de que se encanta. Foi o que fez Júlio. Largou os estudos antes de terminar o quarto ano; largou a oficina; largou a cidade. Largou tudo que o aprisionava em normas, regras e métodos. Voltou à sua encantada Marambaia. Aos vastos cerrados e caatingas e vargens. Retomou as sabedorias dos vaqueiros *Compadre* Mariano, Inácio *Veio* e Alcino. Estes eram seus verdadeiros mestres. O seu mundo.

Júlio e *Chico* eram auxiliares de Alcino na labuta do curral, do campo. Tornaram-se vaqueiros.

Seu Floriano não parava. Ora na Floresta, ora no Viveiros, ora no Boqueirão. Fazendas sob seus cuidados. Sem falar na Mangueira. Na Marambaia tudo seguia na normalidade, quando Alcino, ao atravessar o córrego, montado num poldro bravo, de nome Navio, entrou no poço fundo. Ao tentar subir o barranco, a montaria caiu de costas por sobre o vaqueiro, que morreu afogado.

Júlio passou a ser o vaqueiro da fazenda, auxiliado por *Chico* e Manoel *Cabrito*.

A vida continuava. Júlio cuidava de tudo. Ótimo vaqueiro, nada lhe passava despercebido. Era exigente. Gostava de tudo bem feito. Conhecia a fazenda – mais de mil alqueires – de ponta a ponta, especialmente os logradores do gado: vargem do Retiro, beira do Araçá, pé do morro do Trinchete, cerrado da Veredinha, capão do Anjo, Mocambo, *seu* Cardoso. Sabia os nomes de todas as reses. Às quatro horas da manhã, começava a tiração de leite das vacas. Às sete horas, o leiteiro tinha que sair com duas latas de leite – trinta litros cada uma – para Pirapora, onde era vendido. Todo o santo dia. Fizesse chuva, fizesse sol. Os melhores cavalos eram de sua sela. De nomes Mato Grosso, Pabulagem, Poldro Alazão e Águia Branca

Júlio era bom amansador de cavalos. Bom laçador. Canhoto, tinha uma força taurina. Hábil em cortar couros e sola. Trabalhava ainda com sedém. Plantava roça. Cuidava da moagem de cana nos meses de junho e julho.

Acidente grave aconteceu com Júlio e Manoel *Cabrito*, quando conduziam umas vacas para o matadouro, que ficava na rua Paraopeba, atrás do cemitério velho. Ao entrar no curral, uma vaca refugou correndo rua afora. Seguiu-a, no mesmo instante, Júlio, emparelhando com a vaca, apanhou-lhe a cauda para derrubá-la. Nisso, para ajudá-lo, Manoel *Cabrito* veio a cavalo em sentido contrário, pegando Júlio em cheio. Caíram vaqueiros, cavalos e vaca. Júlio fora gravemente atingido na cabeça, o que o deixou desacordado por três dias, sob os cuidados do médico Humberto Malard.

Em 1942, Júlio casou-se com Maria da Glória Ribas, normalista. Ela, sem vivência com o serviço da roça, foi pra Marambaia e tornou-se grande dona de casa. Trabalhava. Fazia de tudo. Especialmente doce de goiaba. Aliás, Júlio era mestre em fazer doces de goiaba e buriti. No ponto de comer com colher.

Vieram os filhos. Seis mulheres e dois homens.

Júlio deixou a Marambaia. Trabalhou noutras fazendas. Depois se estabeleceu com açougue. Grande conhecedor de carnes bovinas. Mestre em fazer carne de sol. Antes não se falava carne de sol. Era carne-seca ou carne salgada. Também fazia uma paçoca de carne-seca que era coisa dos deuses.

Júlio desportista. No futebol torcia pelo Botafogo, no Rio; Atlético, em Belo Horizonte; e Comercial, em Pirapora. Com José Diniz, fundou o time do Asas.

Gostava de festas. Não tanto como *Chico* e Manoel *Cabrito*. Dançador de lundu e carneiro. Devoto de Santos Reis. Na época das folias, 24 de dezembro a 6 de janeiro, as visitas à sua casa eram obrigatórias. No São João, acendia-se a fogueira. Fogos. Carne assada, doces de buriti, de goiaba, biscoitos. Na madrugada do dia seguinte, Júlio assava batata-doce no borralho da fogueira. Depois a saboreava com café ralo e doce.

Não perdia bailes de carnaval nos clubes Independentes e Recreativo. *Seu* Floriano não se importava que fossem a festas, desde que estivessem no curral às quatro horas, para tirar o leite.

Aconteceu de terem de embarcar boiada na segunda-feira de Carnaval, pela manhã. A ordem era para que os vaqueiros não fossem ao carnaval na noite de domingo. Júlio, rebelde, pegou seu cavalo, arreou-o e foi pra Pirapora. Lá deu voltas pelas ruas, entrou nos clubes e voltou para Marambaia. Só para pirraçar o pai.

Quando se achava em algum lugar e dava de ir embora, Júlio dizia:

– Deixa o besta ir sobrando.

Foi o que ele fez num dia frio de julho de 2005. Pegou o chapéu e disse:

– Deixa o besta ir sobrando.

Esperando-o, estava seu cavalo Águia Branca, todo ajaezado. Júlio montou no cavalo e galopou entre o cerrado de nuvens. Atravessou várzeas de estrelas. Rompeu o capão de raios coloridos do arco-íris e consumiu-se nas veredas transcendentais.

Manoel *Cabrito*

– Piamim, oh! eu quero ser enterrado no Mocombo (Mocambo), num capão de vaqueta. Quando os vaqueiros passarem por lá, campeando, eu tiro um eco no pé do ouvido deles.

TERMINADA A TIRAÇÃO DE LEITE ou ordenha, os vaqueiros, sentados nas tábuas da cerca do curral, falavam de si mesmos. O desejo de um era casar-se e comprar um pedaço de terra pra criar um gadinho e plantar roça. Outro pretendia mudar-se para a cidade e colocar os filhos na escola. Um terceiro mantinha-se mudo, pensando no almoço que deveria estar pronto.

Manoel *Cabrito*, depois de tirar uma baforada no cigarro de palha, olhou pro morro Trinchete, que se projetava no horizonte em forma de um *i* e um *r*, e disse:

– *Piamim*, oh! eu quero ser enterrado no *Mocombo* (Mocambo), num capão de vaqueta. Quando os vaqueiros passarem por lá, campeando, eu tiro um eco no pé do ouvido deles.

Jacinto acabou de chegar com os cavalos, que estavam no pasto de baixo. Cada vaqueiro tratou de arrear seu cavalo e, em seguida, almoçar. Iriam todos campear na beira do Araçá, com os vaqueiros da Floresta e Viveiros. Era época de juntar bois para pôr no pasto pra engorda.

Manoel *Cabrito* descendia de família de vaqueiros e de dançadores de lundu e carneiro. Filho de *sô Cabrito Velho* e *sá* Herculana, ainda menino chegou à Marambaia.

Ainda na Marambaia, lembro-me de que eu menino fazia Manoel *Cabrito* montar no cavalo de pau e saíamos ambos a correr atrás das galinhas como se fossem vacas, no quintal cheio de pedras pontiagudas. Engraçado era ver Manoel correr com as pernas duras. Ele convalescia de uma doença venérea que lhe entrevara as pernas. Graças à promessa de D. Herculana, pra Santos Reis, ele se curou e as pernas ficaram normais.

Manoel conhecia tudo do ofício de vaqueiro. Bom tirador de leite. Jeitoso para mexer no curral. No cerrado fechado, nas caatingas de pés de serra, montado num cavalo de campo, era um mestre. Por mais brava e velhaca que fosse, não se lhe escapava a rês. Seguia-a ao encalço até derribá-la e peá-la.

Tinha uma memória espacial invejável. Nunca se viu perdido ou *vendido* no mato. Ainda que fosse a primeira vez que por ali passasse.

Ele gostava de tirar filhotes de passarinhos para vender. Naquela época era permitida a venda de animais silvestres. Não havia a consciência ecológica como hoje. Também era uma forma de ganhar mais um pouquinho, já que o salário de vaqueiro era baixíssimo.

Como bom observador, coisa alguma lhe passava despercebida. Quando campeando, na época em que papagaios, araras, periquitos, maracanãs chocavam, ele observava onde havia ninhos dessas aves. Manoel então voltava aos lugares onde se encontravam os ninhos, justo quando os filhotes já se achavam emplumados. Apanhava-os para vender em Pirapora.

Era exímio amansador e acertador de poldro *pagão*, isto é, nunca levou sela. Montava, batia de chicote tala larga e esporeava. O bicho urrava, pulava, suava. O poldro estava pronto. Manso. Bom de rédea e, se tivesse natureza pra marchador, ficaria melhor ainda de sela. Punham-se-lhe pulseiras nas quatro patas. A pulseira era uma peça pequena de sola ou couro cru, na qual se prendiam argolas de metal. Se Manoel foi um ótimo vaqueiro, melhor caçador se fez. Caçava anta, guará, queixada, caititu, tamanduá-bandeira, veados – campeiro, catingueiro e o galheiro (especialmente o suaçuapara) –, gato-do-mato (cujo couro vendia a bom preço) e onça. Ah! A onça era a especialidade de Manoel *Cabrito*. Possuía uma trela de bons cachorros onceiros. Sabiam rastrear, levantar e acuar a gatona. Quando onça estava comendo criações em determinadas fazendas, ele era contratado para matá-la. Lá ia ele com a cachorrada. Naquela época, havia muita onça suçuarana: a parda, a de lombo preto e até pintada. E Manoel *Cabrito* caçava-as com sucesso.

Outra especialidade do vaqueiro *Cabrito* era passar gado na ponte velha (metálica e que liga Pirapora e Buritizeiro) e embarcar boiada nos vagões da Central do Brasil, com destino a São Paulo ou Rio de Janeiro. Embarcada a boiada, ele seguia no trem junto ao maquinista. Era comum, durante a viagem, bois deitarem e serem pisoteados até a morte. Então, o serviço de Manoel era fazer com que os bois se levantassem, catucando-os com a vara de ferrão.

Certa vez, chegou à Marambaia um intelectual com recomendações do dr. Geraldo Mascarenhas, proprietário da fazenda, para que se lhe desse todo apoio, destacando alguém para acompanhá-lo. A incumbência coube a Manoel *Cabrito*. Uma semana de andanças. Pescaria no São Francisco, visita ao morro do Trinchete e à serra do Repartimento. Passeio na Vargem do Retiro, seguir o córrego da Veredinha até a cabeceira.

O melhor foi o comentário de Manoel *Cabrito*:

– *Piamim*, oh! O doutor quase me matou de tanto caminhar. Ele *num* parecia muito certo, não! Na beira da Veredinha, o doutor parou debaixo de um pé de buriti, somente um, naquele serradão. Desceu do cavalo, olhou bem para a copa do buriti. Depois, tirou um livro da bolsa e começou a rezar, de joelhos, em voz alta. Eu *num* entendia nada do que ele dizia. Leu o livro várias vezes. Em seguida, montou no cavalo e voltamos pra casa. No outro dia foi embora.

Soube-se, depois, tratar-se do livro *Pelo sertão*, de Afonso Arinos, e o texto lido era o poema em prosa "Buriti perdido".

No fundo, no fundo, Manoel *Cabrito* gostava, de fato, era de festa. Não perdia uma festa. Fosse onde fosse, lá estavam ele e *Chico*. Comia de tudo. "Fome por fome eu passo em casa", dizia, rindo. Exímio dançador de lundu, guaiano ou recortado, carneiro e mazurca. Tocava violão e sanfona. Com o irmão *Topeu*, tocava nas festas juninas no Independentes Clube.

Casou-se com D. *Chiquinha*, com quem teve vários filhos. Nenhum deles seguiu o pai na lida de vaqueiro. Foram todos pra cidade: Pirapora, São Paulo e Uberlândia.

Ele não foi enterrado no Mocambo, como desejava; está sepultado num cemitério em Belo Horizonte.

Manoel gostava de tomar umas pingas. Numa dessas vezes, já tonto, no pátio da fazenda Coqueiros, ele montou no burro bravo. Sem equilíbrio, caiu, batendo a cabeça na pedra. Adveio-lhe um hematoma cerebral. Levado para Belo Horizonte, de avião, por ordem de Décio Mascarenhas, ao chegar ao hospital, não resistiu e morreu.

A velha Marambaia de meu tempo de menino não existe mais. Os vastos cerrados da Veredinha e do Mocambo viraram pastos e plantação de laranja e de cana. Tudo muda. Transforma-se.

Da alma do vaqueiro Manoel *Cabrito*, o êxtase do grito chega ao pé do ouvido de quantos com ele conviveram.

Pacífico

Quando ele brigava com alguém nos Coqueiros,
saía pisando duro. Olhava pra trás, resmungando:
"Num passo mais aqui, vou passar pifora."

– AI-AI-AI... AI-AI-AI! Fica aí de boca aberta...

– Ô meu pai, hoje vai passar boi na ponte.

– Você viu, não?... Você viu, não?

– Meu pai é burro... Meu pai é burro.

Sol quente no veranico de janeiro. Os raios de luz que refletiam sobre a areia branca da estrada reverberavam, parecendo tremer. A gente, menino, tinha a sensação de chuva e ficava exultante. Era apenas uma ilusão de ótica. O sol abrasava o sertão. Nas grimpas da aroeira, pássaros-pretos cantavam e as rolinhas fogo-apagou arrulhavam no pé de baru. Na encruzilhada da estrada dos Coqueiros para Marambaia, num velho pequizeiro seco, um casal de pombas-verdadeiras cantava. A gente interpretava aquele canto, onomatopeicamente: "Baú, aperta o...".

Lá ia ele estrada afora. Um assobio monótono. A melodia não variava. Fiu-fiu-fiu-fiuuuu. Pés descalços. Um chapéu roto, em cuja copa se viam agulhas espetadas e rodeadas de linhas. A tiracolo, uma capanga de pano. Nela poucas coisas: pedaços de cordão, uma agulha sem fundo, uma correia de couro cru e umas pedrinhas sem valor. Na mão, a manguara de pimenta-de-macaco para bater em cachorro e vaca brava. Era o recadeiro, o mensageiro. Levar telegrama a *sô* Floriano, na Marambaia. Levar um bilhete urgente para dona Isabel, nos Coqueiros. Quando ele brigava com alguém nos Coqueiros, saía pisando duro. Olhava pra trás, resmungando: "Num passo mais aqui, vou passar *pifora*". Dias depois, esquecia a briga, olhe ele nos Coqueiros, tomando café com leite e farinha de mandioca.

Conta-se que foi a uma fazenda em Buritizeiro levar bilhete para dona Geralda vir o mais rapidamente possível, pois o pai, José Caldeira, estava nas últimas. Ela começou a chorar. Para consolá-la, disse, batendo-lhe nas costas:

– *Num* chora, não; *num* chora, não. Seu pai *num* morreu, não. Está estirado na sala com velas acesas!

Assim era Pacífico. Serviçal, parente de minha mãe, apalermado, meio doido. Tinha muitos apelidos. Ficava danado quando a meninada gritava: "bendengó", "cheira-cheira", "três calças"...

Amador Diniz ficava, no quintal de dona Judite, a gritar-lhe os apelidos. Pacífico, lá em casa, ficava fulo de raiva. Brandia a manguara, aproximando-se do muro que dividia o nosso quintal do de dona Judite.

– *Num* gosto de você, não. Vou contar pro seu pai – dizia em voz grave.

Ele tinha uma birra do namorado de Maria Josefina, nossa prima. Quando o via, na porta do Banco do Comércio, entrava lá em casa rindo e dizendo:

– O cachorro de *Pefina tava* lá, *tava* lá, ai-ai-ai...

Embora muito mais velho do que eu, só me chamava de "meu pai". Ele tinha uma obsessão de anunciar que ia passar boi na ponte.

Passar boi na ponte, naquela época, era uma festa na cidade. Geralmente, a maioria do gado que era levado para o matadouro procedia de Buritizeiro, do outro lado. O matadouro ficava na rua Paraopeba, atrás do cemitério, no Alto.

Assim, o gado para o matadouro tinha de atravessar a cidade. Do Barreiro ou de Buritizeiro, o trajeto era: rua da Bahia (confluência das ruas 7 e 13), virando-se à direita na rua Pernambuco (hoje rua Major Santiago) até o pátio da estação, de onde seguia beirando a linha (da Central) até a rua Januária. Seguia-a até o matadouro.

No dia de passar boi na ponte, o aterro da linha, que dava acesso à ponte sentido Buritizeiro, ficava lotado de meninos, rapazes e moças. Os alunos do São João Batista saíam diretamente do colégio à boca da ponte para assistir à passagem do gado. Havia até uns que levavam uma varinha de ferrão para ferroar os bois. Os vaqueiros *Zé* Diniz, Abrão, *Chico do Açougue*, Augusto e outros tantos que vinham ajudar a trazer o gado eram donos da festa. *Zé* Diniz, ótimo laçador, provocava a corrida de uma rês, só para laçá-la e fazer bonito.

O passar gado na ponte está gravado na história alegre de Pirapora. Um dia, um bom cronista narrará estes episódios.

Na década de 1970, ocorreu um caso curioso. Um boiadeiro de Várzea da Palma comprou uma boiada em Buritizeiro. Como sempre, queria fugir dos impostos devidos ao Estado. Como o rio estava cheio, não podia fazer a travessia a nado, bem longe da fiscalização. O jeito era passar na ponte e, consequentemente, pagar os impostos. Com jeito, o boiadeiro chegou ao posto fiscal, que se localizava no início da avenida Salmerom (em frente do lugar em que hoje está o Posto Três Palmeiras). O fiscal de plantão era Alvimar, cuja honestidade funcional era sabida, como de tantos outros fiscais daquela repartição.

Depois de muita conversa do boiadeiro, o fiscal falou, rindo:

– Vou deixar passar o gado sem cobrar impostos. Tem uma coisa, na hora em que o gado entrar na rua 7, vou fazer a boiada estourar.

Dito e feito. Quando o gado entrava no cruzamento das ruas 7 e Bahia, apareceu Alvimar, gritando e balançando um lençol vermelho. A boiada estourou. Um corre-corre danado. Alvimar vibrava de satisfação. O único caso de corrupção pelo lúdico, pela memória.

Pacífico ficou órfão de pai e mãe ainda menino. D. Antônia, sua tia, cuidou dele. Estando ela muito doente, pressentindo a morte breve e preocupada em deixar o sobrinho só, abandonado, pôs-se a rezar, pedindo que se lhe abreviasse o fim e com ela fosse também Pacífico. Este reagia com veemência:

– Vai sozinha, diabo!... Eu, não. Vai sozinha, diabo!...

E não mais entrou na casa da tia Antônia.

Já velho, não saía de seu quartinho, na casa de Oscar Paraguaçu. Todos os dias, Hélia, minha irmã, levava o almoço para ele.

Já nos seus últimos momentos, próximo de expirar, Hélia disse-lhe que chamaria o padre. Respondeu ele, com voz quase imperceptível:

– Não, *Bibi*; traz Malard, traz Malard –, referindo-se ao médico Humberto Malard.

Randolfo

Randolfo vinha com o balde transbordando de leite.
A gente metia o copo no balde e
tirava-o cheio de espuma.

O SÃO DOMINGOS ERA UM RETIRO da fazenda Mangueira. Ficava nos Gerais do Formoso e do morro Vermelho. Lugar bonito. Muitas veredas e buritizais. O coco-catulé vicejava nas cabeceiras das veredas. Coco gostoso. Duro de se partir. O leite das vacas do São Domingos tinha um gosto diferente, saboroso. O gosto do coco catolé, de cujas folhas novas as vacas se alimentavam. A casa era de adobe e coberta de palha de buriti. No quintal, cheio de laranjeiras, pés de abacate e mexerica, passava o rego d'água.

Quando lá estávamos, meu pai fazia a meninada levantar cedo para lavar o rosto na bica e tomar leite no curral. Randolfo vinha com o balde transbordando de leite. A gente metia o copo no balde e o tirava cheio de espuma. Bebíamos aquele leite gostoso, quentinho, lambuzando a cara. Depois era o café com requeijão.

Mais tarde, meu pai fez nova casa, longe do rego e dos currais. De tijolos e coberta de telhas. Lembro-me de quando os tijolos e telhas foram levados da Mangueira para o São Domingos de carros de bois. Três carros. Boiada de carro gorda e boa. Na subida da serra carro quebrou o eixo, o cocão. Bois quebraram canzis e cangas.

Randolfo era o vaqueiro. Um dos melhores da região. Sério, trabalhador. Tinha um jeito todo especial para lidar com o gado. Não se irritava nem dizia palavrão. Era observador. O gado entendia-lhe os gestos, as palavras doces. Conhecia palmo a palmo aquelas terras sem-fim.

Randolfo e os filhos, *Chico* e Catarino, davam conta de todo o serviço. Os cavalos de seus arreios eram bons de campo, como para viagem. Muito bem tratados. Pelos lisos, ancas roliças e crinas aparadas. Finda a jornada do dia, antes de soltar o cavalo pro pasto, raspava-o todo com a raspadeira.

Os arreios brilhavam. Estavam sempre untados. No final do dia, batia e afofava os suadouros da sela. O cabresto de couro cru todo trançado. As rédeas de sedém. Tudo feito por ele. Na cabeça da sela, trazia um guampo para beber água nas veredas ou nos córregos. Um copo feito de chifre de boi. Todo trabalhado. Numa de suas bordas, prendia-se uma correia de sola, pela qual fazia descer o guampo até a água sem precisar apear-se do cavalo. O comum dos vaqueiros era apear e tomar água na copa do próprio chapéu ou na concha da mão. Na garupa da sela estava a capa enrolada na capoteira, para chuva ou frio.

Com os meninos, Randolfo plantava sua roça de milho, mandioca e arroz para a subsistência. Gostava de caçar. Contudo tinha medo de cobra. Randolfo e outros vaqueiros iam pra caçada. Na passagem de uma vereda havia muitas cobras. Até penduradas nos galhos de pau. Recusou prosseguir. Voltou pra casa. De outra feita, ao campear, deram com boa quantidade de queixadas (porco-do-mato). Bichos bravos e valentes. Andam sempre em grandes quantidades, juntos. Como estavam sem cachorro, dois dos vaqueiros desceram dos cavalos e, de quatro pés, começaram a latir como cachorro, seguindo rumo aos queixadas, num brejo fechado. Seguiam-nos, de espingarda na mão, outros dois vaqueiros. Randolfo não desceu do cavalo. Ficou de longe, conclamando aos companheiros para que deixassem os queixadas pra lá.

À noite, punha-se no alpendre da casa e dedilhava sua viola. Tocava de tudo: lundu, guaiano, recortado até a décima do rio abaixo. Estava sempre cantando estes versos do recortado:

Ribeirão que corre água,
no fundo tem areia.
Se namorar fosse crime,
ôi, ai, ôi, ai,
eu morava na cadeia...

Era casado com Davina, com quem teve muitos filhos. Alguns deles ainda vivos.

Possuía um gadinho, juntou ao longo da vida, no retiro da Vereda de Lajes. Depois, mudou-se para outro retiro, na beira do Formoso. Com a morte da esposa, Davina, veio para Buritizeiro, casando-se novamente. De lá foi para Brasília, onde faleceu.

Sabininho

Mas, quando Luzia, minha veia, rezou uma reza piadosa, eu chorei. Chorei, mesmo.

SABINO ERA BAIXO, FRANZINO. Queimado pelo sol. Chamavam-no *Sabininho*. Morava no outro lado do córrego, num ranchinho. Chapéu enterrado na cabeça e o facão na cintura. Não se apartava do chapéu nem do facão de maneira alguma. Tirava-os só para dormir e, uma vez por ano, quando ia à procissão de enterro na Sexta-Feira da Paixão.

Com sua *precata* de couro cru, ia pro trabalho, chilep, chilep, chilep, na estrada arenosa. No cabo da enxada, no cabo da foice ou no machado, não havia quem se lhe avantajasse. Era sempre o primeiro a terminar o eito. Fosse na limpa do milho, da cana, na roçada de pasto ou tirar lenha.

Era enfezado. De poucas palavras. Nas casas dos outros, não aceitava nada de comer. Tinha uma forma toda especial de recusar. Chegava à casa da fazenda, cumprimentava um por um dos moradores. Na sala, não se assentava no banco e muito menos em cadeira. Punha-se de cócoras, sobre os calcanhares. O facão arrastando-se no chão. O chapéu no joelho.

Ofereciam-lhe.

– Venha tomar leite.

– *Num sô* bezerro – resmungava.

Aceita uma banana?

– *Num sô* macaco.

– Um pedaço de mamão?

– *Num sô* "João congo".

Se era hora do almoço.

– Sabino, aceita um pedaço de frango?

– *Num sô* guará.

– E um pedaço de carne?

– *Num sô* urubu.

– Um ovo estrelado?

– *Num sô* tiú.

– Uma carne de porco?

– *Num sô* onça.

Ao servir a sobremesa.

– Aceita doce de mamão com coco?

– *Num sô* formiga.

– Então chupa esta manga, docinha.

– *Num sô priquito*.

Certa vez, ele ganhou uma camisa chique, de cores vivas. Recebeu e nunca a vestiu.

Um dia, sua mulher perguntou se ele não ia vestir a camisa, tão bonita.

– Não vou sair no carnaval de *sô Cota*, respondeu secamente.

Diziam que a sua obstinada rejeição às coisas que lhe ofereciam estava no fato de ele não as ter no cotidiano.

Sabininho não ia à cidade. Encomendava o leiteiro para trazer-lhe as coisas de que necessitava. Coisa pouca. Um pedaço de fumo de rolo, sal, café, comprados no *Bentoca*, e um purgante de jalapa com calomelano da Farmácia Rocha.

Aos domingos, saía pro mato pra furar abelha, tirar mel. Ele dizia que abelha era piolho das árvores e o mel de todos, dado por Deus. Gostava das frutas do cerrado. Especialmente o pequi. Sabia colher os melhores, mais carnudos. Numa assentada, roía uma, duas, quatro dúzias de pequi com farinha de mandioca.

Sua filha Isabel puxara-o em tudo. Trabalhadeira. Caladona. Fechada. Quando ia à casa da fazenda com a mãe, dona Elisa, não conversava com ninguém. Nem com dona Umbelina, a quem pedia a bênção, com leve comissura labial. Permanecia de pé e braços cruzados. Não aceitava uma fruta, um doce, um biscoito. Dona Elisa desculpava-se.

– Isabel, minha filha, é caladona assim na frente dos outros. Lá em casa ela é *pueta*.

Dona Elisa e os meninos foram pescar na cachoeirinha, no córrego da Marambaia. Lá acharam uma pedra bonita, grande. Parecia diamante. Brincando, os meninos deixaram a pedra cair n'água, no fundo. Não a encontraram, por mais que procurassem. À noite, contaram o fato pra *Sabininho*.

– Eu podia cortar vocês *tudo*, agora, no facão. Perder um diamante daquele tamanho! Nós *ia* ficar mais *rico* que os Mascarenhas, donos da Marambaia – disse num ataque de raiva.

Sabino ficou viúvo. Depois, casou-se com dona Luzia.

Não perdia uma festa. Dançava lundu, carneiro, *polista* e as danças modernas. Dizia que não dava gosto de dançar o baião com sua *veia* Luzia, que era dura de um lado.

Muito amigo de *Dominguinhos* da Vargem do Retiro. Quando este morreu, comentou:

– No velório do *cumpadre Dominguinhos*, quando *cumadre* Camila rezou, não chorei. Não chorei quando *sá* Maria de *sô* Paulo *rezou*. Mas, quando Luzia, minha *veia*, rezou uma reza *piadosa*, eu chorei. Chorei, mesmo.

Sabino estava bem disposto, embora já velho. À noite, Isabel, sua filha, dera-lhe de comer um cozido de seriema. Ele comera bastante. No outro dia, com o sol claro, um sabiá cantava numa moita de rebatalha, no fundo da grota. Sabino fechou os olhos e lentamente foi morrendo. Dizia-se que a seriema havia comido duas cobras-corais.

Seu Vicente

Seu Vicente enfurnava em seu quarto. Não gostava de ver matar o animal que ele criara desde leitãozinho.

EU, MENINO, CONHECI *seu* Vicente já velho, na fazenda da Marambaia. Solteirão, enigmático. Morava num quartinho junto ao curral, onde se colocavam os arreios. Cuidava dos porcos, das galinhas, do quintal. Tirava leite também.

Era caprichoso no serviço. O chiqueiro dos porcos era limpo. Nunca faltava milho nos cochos dos capados. À tarde, fazia milho (descascava e debulhava as espigas) no paiol. Colhia os ovos das galinhas. Apalpava as frangas para ver se já estavam com ovo. Saía pelos matos à procura de ninho de *cocá* (galinha d'angola, cocar). *Cocá* é bicho danado. Só bota no mato, longe de casa. Ia *seu* Vicente com seu chapelão na cabeça, uma vasilha e uma colher de pau na mão. A colher era para apanhar os ovos, pois não se deve apanhá-los diretamente com a mão. A *cocá* não voltará ao ninho. Também há que se deixar um indez. Do contrário a *cocá* abandonará o ninho.

Antes de vir trabalhar na fazenda, *seu* Vicente Macedo já fora casado em sua terra natal, Januária. A mulher, porém, abandonou-o.

Nunca mais ele quis saber de companhia feminina. Deve ter chegado a Pirapora de vapor.

Plantava sua roça. Coisa pouca, milho, mandioca. Uma vez, com *Guidinha*, minha irmã, plantou uns seis litros de amendoim, na beira do rio. Colheu muito amendoim. A meninada comeu tanto, que deu *guará*. Distribuiu para os vizinhos. Vendeu-se uma boa quantidade para *Bentoca* e Manoel Lima, em Pirapora. Ainda sobrou para o plantio do ano seguinte.

Da Marambaia, *seu* Floriano levou-o para a fazenda Mangueira, onde cuidava dos porcos, das galinhas, das plantações do quintal. Tirava água na cisterna para abastecer a casa.

À tarde, ele se punha em cima da cerca do chiqueiro a gritar, chamando os porcos:

– Nego, nego, nego, nego.

A porcada solta na lagoa vinha correndo, roncando. As porcas paridas, os leitões e o barrão. Prendia-os no chiqueiro, onde lhes dava milho com palha e tudo. No outro dia cedo, soltava-os.

No dia de matar um capado (o porco gordo), *seu* Vicente enfurnava em seu quarto. Não gostava de ver matar o animal que ele criara desde leitãozinho.

Seu Vicente sabia ler. Gostava de ler escondido jornais velhos. Depois comentava com os outros empregados. Certa vez, todos à mesa na hora da janta deu a grande notícia que acabara de ler no jornal.

– A guerra acabou, a Alemanha perdeu.

Foi uma gargalhada geral. Até *seu* Floriano riu lá da cozinha, onde ele jantava assentado em seu tamborete. Era dezembro de 1945. *Seu* Vicente lera um pedaço de jornal velho de 8 de maio do mesmo ano.

Já bem velho, *seu* Vicente voltou para a fazenda Marambaia, onde morreu. Foi enterrado debaixo de um pé de buriti, na beira da Veredinha.

Topeu

Certa feita, foi a uma festa nos Gerais, na cabeceira do Sobrado.

TOPEU, TAMBÉM CHAMADO de *Peu*. De nome Domingos, era filho do vaqueiro *seu Cabrito* e de *sá* Herculana. Foi bom vaqueiro desde menino. No cerrado fechado, no lombo de um cavalo, eram poucos os que o acompanhavam. Para ele não havia cavalo bravo nem ruim. Era esperto no curral e bom tirador de leite. Trabalhou no Viveiros, na Conquista, na Mangueira e na Marambaia.

Topeu era um grande tocador de sanfona e de violão. Certa feita, foi a uma festa nos Gerais, na cabeceira do Sobrado. Ali havia um sanfoneiro famoso. Vindo não se sabe de onde. Era tinhoso na sanfona. *Peu* chegou com sua *oito baixos* e começou a tocar. Daí pra frente a festa animou. Todo mundo dançando. Ninguém queria ouvir o outro sanfoneiro. *Peu* tocou até o amanhecer. O outro colocou a sanfona no saco e ficou debaixo de um pé de pau-terra-da-folha-miúda, calado, emburrado. No outro dia, *Topeu* amanheceu ruim da cabeça, abobalhado. Saía pro mato falando sozinho. Nunca mais montou num cavalo nem tirou leite. Dormia na beira do fogo junto com os cachorros. Dizem que fora *coisa feita* pelo sanfoneiro lá dos Gerais, a quem *Topeu* suplantara na sanfona e no lundu.

Não perdeu, porém, a devoção a Santos Reis. Continuou participando da folia de reis de *seu* Inácio. Tinha uma voz boa, afinada. Era um grande dançador de lundu, recortado, carneiro, gamba. Até valsa ele dançava.

Gostava de cantar estes versos do recortado:

Oi, cravo; oi, rosa;
oi, vida regorosa. (Refrão)
Simiei *no meu quintal*
uma simente *de* repoio,
nasceu uma veia quereca
com uma pipoca no oio.
(Refrão)
Muié veia *namorar*
não acha com quem,
sai pras capoeiras
chamado toco, meu bem.
(Refrão)
No meu cavalo pampa
com uma pinta no subaco,
quando quero ver meu bem,
não tem cerca nem buraco.

Ele gostava de uma pinguinha. Ria à toa. Quando lhe perguntavam se tomava cachaça, respondia:

– Uma vez por quando.

Veio morar no Barreiro, hoje bairro Bom Jesus. Saía na folia de Lúcia, neta de *seu* Inácio.

Morreu numa tarde, quando tocava, em sua viola, a décima do rio abaixo.

Segunda parte

Mulheres de muque

Sá Ana *Gorda*

Dona Umbelina ria e as duas almoçavam, com o prato na mão, assentadas no banco ao pé do fogão, na velha cozinha.

SÁ ANA *GORDA* ERA UMA velha pernambucana de Petrolina, de cuja catedral guardava boas lembranças. Fora casada com um barqueiro, dono de barca de frete, em cuja proa se via uma carranca.

Com o marido, ela viajou muito na barca, de Juazeiro a Januária e Pirapora. Sabia muitas estórias dos remeiros, aqueles que empurravam a embarcação com os varejões. Serviço bravo, perigoso, estafante e mal remunerado.

É sabido que, quando duas ou mais barcas se encontravam, os remeiros saudavam-se com palavrões, impropérios. Tudo brincadeira.

Sá Ana contava que, quando havia mulher na barca, um remeiro, da proa, gritava: "Semana Santa!". Logo, não se falavam palavrões. Riam os remeiros, cumprimentavam-se e as barcas seguiam viagem. Era o código de ética, o respeito à mulher.

Nos anos 1970, entrevistei vários velhos remeiros em Pirapora. Ao entrevistar o remeiro-vapozeiro *Joaquinzão*, na sala, além do entrevistado, estavam sua esposa e filhas. Ao recitar a *reza brava* para que a barca se tornasse menos pesada, ele mandou que as mulheres saíssem da sala.

Depois de muitas viagens, *sá* Ana e o marido firmaram residência em Pirapora. Ficando viúva, *sá* Ana mudou-se para Belo Horizonte. Ali morava seu filho *Lalá*, soldado do 1º Batalhão da Polícia Militar, o famoso BG, em Santa Efigênia. Vizinha do quartel, ela ouvia, todos os dias, os toques da corneta. De volta a Pirapora, imitava aqueles toques. Na época, o governador do Estado era Benedito Valadares, que *sá* Ana dizia "Benedito Baladaco".

Morava na rua Maranhão, numa casa pequena com quintal, onde havia pés de romã, goiaba e manga. Tinha como vizinha dona Merência, com quem brigava muito.

Sá Ana lavou roupa pra dona Umbelina por muito tempo. Frequentava a nossa casa quase diariamente.

Gostava muito de mangas. Dizia que a gente poderia chupar até uma dúzia delas, que não fazia mal, desde que, depois de saboreá-las, tomasse um copo de água.

Certa vez, dona Umbelina perguntou-lhe por que brigava tanto com *sá* Merência. Tranquila, respondeu *sá* Ana:

– Olha, dona *Imbilina*, eu *sô* de Francisco (*pertencia à Ordem Terceira Franciscana*). Tenho de comungar todos os domingos. Para comungar, tenho de confessar com o padre. Para confessar, tenho de ter pecado. Como não peco, tenho de brigar com o diabo da Merência pra ter o que contar ao padre.

Dona Umbelina ria e as duas almoçavam, com o prato na mão, assentadas no banco ao pé do fogão, na velha cozinha.

Sá Ana *Segunda-Feira*

Era noitinha já turva. De repente, ouviu-se um barulho como se uma enxurrada de dinheiro em moedas lhe caísse na cabeça. Sá Ana não se apavorou.

VELHAS TRABALHADEIRAS PRESTAVAM serviços à dona Umbelina. Entre as quais, *Sá* Ana *Segunda-Feira*. Não se lhe sabia o nome verdadeiro. Também desconhecido o lugar de onde viera. Da Bahia? Das beiradas do Paracatu, do Urucuia? Da beira do Formoso? Teria nascido e criada em Buritizeiro? No outro lado, como se dizia antigamente. O certo é que ela morava em Buritizeiro, num casebre e tinha um filho de nome Sebastião, mais conhecido como *Bastião Carroceiro*.

Sá Ana possuía um papagaio falador e observador. Dava notícia de tudo. Certa vez, ela, ao entrar em casa, o papagaio pulou no meio da sala, gritando:

– *Sá* Ana, *Bastião* cortou minhas asas.

Na velha casa da Rodolfo Malard, 116, lá estava *sá* Ana a torrar café pra dona Umbelina. *Seu* Floriano comprava sacos de café em grão, cru. Deixava um saco em casa e o resto era levado para a Mangueira, onde tocava um pequeno armazém.

O dia da torrefação de café era especial. Numa trempe feita no meio do quintal, acendia-se o fogo e o café era torrado numa panela de ferro muito preta. *Sá* Ana, com touca na cabeça, saia grossa, batendo nos pés, e blusa de manga comprida, mexia o café com uma colherona de pau. Começava cedo. Só terminava à tardinha. O cheiro do café invadia o quintal, a casa e chegava à rua. Nesse dia, a torradeira de café não podia lavar as mãos em água fria. Muito menos tomar banho.

– Se a gente torra café e bebe água ou lava as mãos na água fria, meu *fio*, a gente *estopora*. Vira a cara pra trás – dizia *sá* Ana.

Sá Ana, magra, nem alta nem baixa, falava pausadamente. Voz fina. Parecia ter a língua presa ou falava com as palavras na ponta da língua.

Contava muitos casos acontecidos com ela. Como o episódio ocorrido no meio da ponte, indo pra Buritizeiro. Era noitinha já turva. De repente, ouviu-se um barulho como se uma enxurrada de dinheiro em moedas lhe caísse na cabeça. *Sá* Ana não se apavorou. Olhou para um lado, para outro. Não havia vivalma. O barulho continuava. Moedas caíam sobre as tábuas da ponte. Ela, com voz pausada, falava:

– Não perdoo. Não te perdoo. Vá jogar seu dinheiro em outro lugar.

É que *sá* Ana havia emprestado um dinheiro, coisa pouca, pra *sá* Argemira e esta morrera sem quitar o débito.

Certa noite de lua cheia, a luz do luar entrava pelas frestas das telhas quebradas na casa de *sá* Ana. Um galo cantou longe e cachorros dos quintais vizinhos latiam e uivavam. Quando se ouviu uma voz clara e bem nítida:

– *Sá* Ana, vai ao pé da gameleira, na beira do córrego da fazenda Varginha e arranque um tesouro. A senhora ficará rica.

Ela abriu bem os olhos. Tomou um gole de água e o galo cantou três vezes.

– Não quero seu dinheiro, já te disse.

A voz tornou.

– *Sá* Ana, vai, arranca o tesouro e barganha em São Romão.

Retrucou *sá* Ana, escandindo as sílabas:

– Te digo mais uma vez. Não quero dinheiro. Que vou fazer com esse dinheiro maldito? Dê pra outra pessoa mais precisada e me deixe em paz.

Depois, diante da estampa de São Jorge, pegou um terço e rezou em voz alta.

O dia amanhecia.

Estas estórias, *sá* Ana sempre contava e recontava pra nós, meninada.

Sá Branca ou Tia Branca

Debaixo do sol ou da chuva, plantei e colhi e comi da colheita.
Colheita magra, bem verdade, mas colheita.

SÁ BRANCA OU TIA BRANCA, como a chamávamos, era uma mulata forte, rude, alta, gorda. Ombros largos, braços longos. Lábios grossos. Os olhos negros, muito vivos. Os pés na proporção do corpo. Trabalhava por dois, três homens no eito na roça ou no piloto da canoa rio acima, rio abaixo.

Sua história de vida é o trabalho.

Morava no Barreiro, periferia da cidade. Casinha bem cuidada. Sempre limpa. Vivia sozinha. Muito cedo se enviuvou. Teve dois filhos: Ataliba, funcionário público estadual e jornalista, que morava em Montes Claros, e Áurea, filha de criação, que morreu mocinha.

Sá Branca plantava roça na ilha dos Coqueiros.

Chapelão na cabeça, saia comprida de pano grosso, amarrada à cintura com cordão. Blusa de algodão barato e frouxa para não lhe empatar os movimentos no trabalho. Assim, toda manhã, *sá* Branca embarcava em sua canoinha, assentada no piloto, batia remo rio acima até a ilha dos Coqueiros. Ali chegando, não parava. Fizesse sol, fizesse chuva. Cuidava de tudo. Chegar terra aos pés de milho. Capinar o mato que crescia. Molhar a horta de couve, alface, coentro, mostarda, cebolinha. Andar por sobre os pés de melancia sem lhes pisar as ramas e verificar se havia alguma melancia madura. Seus olhos brilhavam ao ver as abobreiras em flor. Flores amarelas em forma de cálices. Cuidava das galinhas e dos porcos.

À tardinha, já escurecendo, soprava um vento rumo rio abaixo, provocando maretas fortes. *Sá* Branca, no piloto da canoa, benzia-se, fazendo o sinal da cruz, mão firme no remo e a canoinha imbicava rumo à cidade, levada pela correnteza.

Logo, logo estava em casa. Guardava o remo atrás da porta da sala e acendia o fogo do fogão para fazer um gostoso café e tomar com batata-doce cozida que trouxera da roça.

Sá Branca não enjeitava serviços. Não sabia ficar em casa deitada ao deus-dará. Então se dividia em duas, três. Seu tempo era ocupado entre a roça na ilha e na fazenda dos Coqueiros de *vó* Isabel, onde fazia de tudo: cozinhar, fazer doces, varrer o terreiro, cuidar do enorme quintal de muitas plantações e dos porcos na ceva etc.

Ah! A moagem de cana. Lá estava ela, tia Branca, na beira da fornalha, batendo tacho, dando ponto na rapadura.

Por ser a fazenda dos Coqueiros próxima da cidade, na época de moagem de cana, um povaréu invadia a rebaixa, onde acontecia a faina da moagem. Pilhas de canas eram esmigalhadas pelas moendas de ferro do engenho, puxado por uma junta de bois. Era um vaivém de gente trabalhando, gente chupando cana, tomando garapa, comendo rapadura quente. *Sá* Branca dominava tudo. Procurava olhar bem para tudo ver e nada lhe escapar.

Nós, os meninos netos de *vó* Isabel, éramos muitos. Fazíamos um rebuliço danado. *Tia* Branca de olho na meninada. Qualquer malfeito ela dedurava pra *vó* Isabel.

Tomar banho no córrego era a delícia da meninada. Contudo não se podia ir ao poço fundo, o desejo de todos. Também meninos e meninas não podiam tomar banho juntos. Já que naquela época era todo mundo peladão no banho de córrego.

A meninada achava-se solta, naquela algazarra gostosa no banho, quando misteriosamente aparecia, em cima do barranco, entre as árvores, *sá* Branca a espiar e ir correndo contar pra *vó* Isabel.

Com o passar do tempo, *sá* Branca envelhecia. Diminuíam-lhe as forças. Terminou seus dias no Asilo São Vicente sob os cuidados dos vicentinos. Cabem-lhe muito bem na boca estas palavras: debaixo do sol ou da chuva, plantei e colhi e comi da colheita. Colheita magra, bem verdade, mas colheita.

Sá Martinha

– Vocês podem voltar e dizer ao seu doutor que, em vez de me mandar a casinha, antes tem de me mandar o de-comê.

SÁ MARTINHA ERA MULHER inteligente, espirituosa. Tinha resposta para tudo. Morou muito tempo nas fazendas da Marambaia e Coqueiros. Era casada com João *Leiteiro*, filho de *seu* Inácio, velho vaqueiro de muita ciência.

Depois *sá* Martinha veio para Pirapora. Residia no bairro denominado Barreiro. Era literalmente um barreiro A casa dela era um ranchinho de paredes de enchimento e o piso de chão batido. Como em todas as outras casas do Barreiro, na de *sá* Martinha não havia sanitário. Faziam-se as necessidades no fundo do quintal, atrás da bananeira ou na beirada do corguinho.

Então, o Serviço Especial de Saúde Pública (Sesp), do governo federal, resolveu dotar todas as casas do Barreiro de um sanitário. Coisa simples. Um biombo de cimento pré-fabricado e, no centro, a fossa com um assento.

Chegaram à casa de *sá* Martinha três funcionários do Sesp. Uma visitadora sanitária, uma assistente social e um terceiro, de cuja função não me lembro.

Feitos os cumprimentos de praxe, a assistente social falou dos objetivos daquela visita. Seria instalado no quintal da casa o sanitário. *Sá* Martinha ouviu muito atenta. Deixou que os agentes do governo falassem tudo que tinham de falar. Sua casa estava limpinha. O chão varridinho. Na parede, uma folhinha daquelas de bloquinhos em que cada folha indica o dia do mês e da semana. Os domingos, dias santos e feriados, em vermelho. Assim, Sá Martinha ficava sabendo quando era domingo ou dia santo, pois não sabia ler. Uma cruz de palha de coco-babaçu benta no Domingo de Ramos. Uma estampa de São José. Um pote de água fria no canto da casa. Na cozinha, umas tralhas de folha de flandres e o fogão com o fogo apagado. Nem cinza tinha. *Sá* Martinha, com seu jeito gozador, pôs as mãos na cintura e disse com voz bem clara:

– Vocês podem voltar e dizer ao *seu* doutor que, em vez de me mandar a casinha, antes tem de me mandar o *de-comê*. Vocês podem ver, o fogo está apagado. Bernardo anda na cumeeira da casa, há muito tempo – arrematou *sá* Martinha.

João, seu marido, velho e alquebrado pelas lides de vaqueiro, faleceu. *Sá* Martinha arranjou tudo. Mandou fazer o caixão. Seguiu todo o ritual da morte. O velório com cantoria de *incelências*. A pinga correu solta. No outro dia, cedo, saiu o enterro. Passou na igreja matriz para a encomendação. Ao sair da igreja, o féretro tomou rumo do cemitério, pela rua Washington Barreto. *Sá* Martinha, porém, tomou rumo de casa, em sentido oposto. Uma amiga dela gritou:

– *Sá* Martinha, a senhora não vai *no* cemitério?

Ao que ela respondeu, de longe, sem virar o rosto, ao menos.

– Eu, quando casei, recebi João aqui na igreja. Na igreja entreguei *ele*.

No fim de sua vida, já velha, *sá* Martinha fora acometida de um câncer no ovário. Levada ao médico, este lhe dissera que teria de fazer uma cirurgia, uma operação. *Sá* Martinha arregalou os olhos. Abriu a boca e disse para o médico:

– Doutor, nasci *cuiuda*, vou morrer *cuiuda*.

Isto significa dizer, ela não se submeteu à operação. Morreu *cuiuda*. O termo *cuiuda*, corruptela do adjetivo colhudo, quer dizer não ser castrado, inteiro, graúdo.

San'tônia Pega ou *San'tônia Lambança*

– Eu sou doida, mas tenho juízo. E tem muita gente aí que não é doida mas não tem juízo.

– *SAN'TÔNIA PEGA*? *San'tônia Lambança*?

– Nem me diga.

– *San'tônia* era a rapidez, a ligeireza em pessoa. Tudo ela fazia num átimo, num *sulfragrante*, como gostava de dizer.

Quando lhe diziam "Vamos!", ela já estava lá na frente como se adivinhasse o pensamento da pessoa que a chamava.

Para *San'tônia* matar uma galinha era a coisa mais simples e rápida do mundo. Não seguia o ritual das velhas casas sertanejas no tempo em que não se comprava galinha abatida e limpa no supermercado.

Constituía-se o ritual em primeiramente prender a galinha debaixo de uma bacia de banho, com a necessária antecedência. Na hora de matar a penosa, antes, apanhar o prato no qual seria aparado o sangue. Em seguida, pegar a galinha e sojigá-la no chão. Espichar-lhe as pernas e as asas. Colocar um joelho sobre as pernas e o outro sobre as asas. Com a mão esquerda pegar-lhe a cabeça, levantando-a de forma que o pescoço fique em posição vertical. Depois, depenar a parte do pescoço, próxima do papo. Com as costas da faca bater bastante na parte limpa do pescoço. Em seguida, com a faca afiada desferir o talho fatal. O sangue jorra quente aparado no prato. A galinha estrebucha e morre lentamente. Mergulhá-la na água fervente, para depois depenar e limpar.

San'tônia era prática, ia direto aos fatos. No terreiro, ali mesmo pegava a galinha pela cabeça e rodava o braço em movimentos fortes e bruscos. Ao soltar, a galinha já estava morta.*San'tônia* nasceu na Extrema, hoje Ibiaí. Com os irmãos, montava a cavalo e ia pro campo correr atrás de boi bravo. No curral, tirava leite, amansava vaca. No roça não fazia por menos. Seguia os homens no eito na limpa do milho, do feijão e do arroz.

Casou-se. Veio para Buritizeiro, onde morou por muito tempo. Teve duas filhas e um filho.

Prestava serviços pra dona Umbelina. Fazia de tudo. Lavar roupa, fazer canteiros para a horta, rachar lenha, torrar café. Tudo fazia do jeito dela.

Até costurar ela costurava. Fazia calças de homens com uma agilidade espantosa. Não usava tesoura. Cortava o brim grosso com a faca bem amolada. Também não tirava medidas. E a calça caía muito bem na pessoa. "Poderia até assistir à missa de domingo com a calça" – ela dizia, rindo. A primeira calça comprida que usei fora feita por ela.

O apelido de *Lambança* foi-lhe dado, não sei por quem, pela forma ousada e inusitada com que fazia o serviço. Ficava brava quando a chamavam pelo apelido.

Além de trabalhar com dona Umbelina, em Pirapora, *San'tônia* trabalhava com *vó* Isabel, nos Coqueiros, com *Mariinha* e Júlio, na Marambaia, e na Mangueira, com *Lili* e *Chico*.

Já velha, mudou-se com as filhas para Campinas, São Paulo.

Depois de algum tempo em Campinas, ela veio a Pirapora matar a saudade do rio São Francisco. Em conversa com dona Umbelina, ela disse, rindo, debochando:

– Esse ônibus que vem de Belo Horizonte para Pirapora lá, em Campinas, é de carregar lixo!

Certa vez – *vó* Isabel, já com seus 97 anos –, *San'tônia* perguntou:

– Dona Umbelina, *sá* Isabel esqueceu de morrer?

Dona Umbelina ficou brava:

– Toma vergonha, *San'tônia*! Minha mãe está dando trabalho pra você?

San'tônia riu e mudou de assunto.

Quando alguém a chamava de *doida*, ela retrucava:

– Eu sou doida, mas tenho juízo. E tem muita gente aí que não é doida, mas não tem juízo.

Vida e morte de Maria *Cumprida*

Um dia foi encontrada esticada, muito magra, muito comprida, sozinha naquele geraisão, velada apenas pela cachorrinha magra.

LÁ ESTAVA ELA, muito magra, muito comprida, parecendo uma vergôntea de embaúba.

Morava sozinha, na beira de uma vereda, que hoje tem seu nome.

– *Num* gosto de muita gente. Gente ruim, cheia do demo, que só quer fazer o mal.

– Meus companheiros são esses franguinhos, essa cachorrinha magra, os leitõezinhos, o gado de *sô Fuloriano*, que vem dormir na minha porta.

Batia enxada jacaré o dia inteirinho naquela terra dura.

– Nunca tive café. Bebo é fedegoso torrado. Açúcar? Pois, sim. Adoço o fedegoso é com a garapa da cana que planto e bato na pedra. À noite, alumio com o *candiero* de azeite de mamona.

– Moro nesse rancho de chão batido. Toda noite as vacas velhas vêm lamber as paredes do rancho, como se fosse sal. A terra aqui é *saloba*. Um dia, quase derrubaram o rancho.

– Já tive amor. Num gostei. Um cabra velhaco, preguiçoso, que falava mais que jandaia na vigia de arroz. Nunca soube donde veio. Apareceu que nem ave de arribação, *dispetrechado*, sem ter o que *priquito* roer, dando tapa na lua. Chegou e amoitou. Primeiro, *num* gostei daquilo. Sempre vivi só. Sentia a presença daquele homem me olhando que só *sucruiú* na espia. Me olhando de banda, olhando minhas ancas, meus peitos. O danado parecia mãe-da-lua, aquele *te-dome* sentado no toco de capoeira, tocando viola. E eu me danando na roça, cuidando das plantações, carregando água, fazendo de um tudo. Me acostumei com ele. Era mais uma pessoa dentro de casa nesse ermo de mundo. Mas *quá*, o homem *num* prestava nem pra caçar tatu no pé de serra, em noite de lua. Era um *de-comê-perdido*, o *porquêra*.

– Um dia, anoiteceu e *num* amanheceu. *Isguaritou* serra abaixo. Nunca mais tive notícia do danado. Me contaram que ele foi atrás de uma mocinha que morava no morro Vermelho. No princípio, fiquei jururu que nem tatu quando cai o rabo. Preocupação boba. Já estava acostumada a viver sozinha.

– Fui tocando a vida como Deus é servido. Batendo enxada, tomando meu fedegoso – que café é bebida de rico –, cuidando das plantações. Quantos anos tenho? *Num* me *alembro*, não. *Oia*, eu já era moça feita, quando o coronel Manoel Joaquim já andava por estas bandas.

– *Num* gosto da cidade. Aquele mundão de gente andando pra riba e pra baixo sem o que fazer, parecendo abelha arapuá. *Num* gosto, não. Gosto, mesmo, é desses gerais perdidos, sem ninguém, onde a gente vive em paz.

– *Tá* aqui esta égua magra, única coisa que tenho. Nada mais.

– Quando morrer, quero ser enterrada aqui na beira desta vereda, no pé daquele buriti, *aculá*. *Tá* vendo?

– *Num* quero sair daqui, não. Terra boa, me dá tudo. Não é minha, *num* tem importância. Aqui nasci, aqui vou morrer.

Um dia foi encontrada esticada, muito magra, muito comprida, sozinha, velada apenas pela cachorrinha magra.

– Deu um *tanguá* e bateu as botas – disseram-me os vaqueiros, que a encontraram morta.

Está lá enterrada ao pé do Buriti.

Terceira parte

Arremate

Dos altos Gerais e das beiradas do São Francisco ecoam os nomes de vocês, vaqueiros, assim no cerrado como no céu

Abílio, Abrão do açougue de *Zé* Caires, Adão *Onça*, Adolfo, Agostinho *Couro Veio*, Agostinho *Preto*, Alberto de *seu* Antônio *da Lavoura*, Alexandre *Capa-Gato*, *Alvimão*, *Antoninho*, Antonino e o filho Abílio, Antônio *Leiteiro*, Antônio *Pereré*, Antônio *Muriçoca*, Antônio *Toquinho*, Arlindo Abílio, Arlindo Carneiro, Arnaldo, Arnóbio, Augusto, Augusto do açougue de *Zé* Cirino, *Babaleite*, *Baiano* (Abel Diniz), *Beijo*, *Beijo Lavareda*, *Betão*, *Bio*, *Binha*, *Caçote*, *Carlinhos*, *Chefe* (o berranteiro), César, *Chico* do açougue de *Zé* Diniz, *Chico do Barro*, *Chico Índio*, *Chico Passopreto*, *Chico Peba*, *Chico Preto*, *Chico Urucuiano*, *Chiquinho*, Cirilo, *Compadre* Mariano e os filhos Raimundo e José, *Couro Velho*, Diogo, Ermenegildo, Eugênio Santos e os filhos *Chico* e Luiz dos Santos, Everaldo *do Sobrado*, Firmino, Floriano e Elmo Diniz, Gabriel, *Gaguinho*, *Galeguinho*, *Geraldão*, Geraldino de *seu Alfredão*, Geraldino *Pavu*, Geraldino Veloso, Geraldo Carneiro, Geraldo Guedes, Geraldo de *sá*

Procopa, Hermelindo, Hugo e Hélio de *sá Mandinha*, Inácio, Inácio *Veio* e os filhos *Inacinho*, João *Leiteiro*, Ramiro, *Teodorão* e o neto Armando (*Manaco/Punabo*), Ismar Carneiro, Ismar Guedes, Jacinto, Jamil, Januário, João Barbosa, João *Bicicleta*, João *da Caatinga*, João de Romão, João Domingos, João Felipe, João *Folgão*, João *Grilo*, João *Lagoa*, João *Toco do Bebedô*, João *Toco da Conquista*, João *Vaqueiro*, João *Vaqueiro II*, Jonas *Carvoeiro*, Jorge, Jorge de Sabino, José Ferreira, José Lopes, José *Redondo*, Joviano, *Juca* Felipe, Júlio Diniz e os irmãos *Chico* e Heitor, *Julinho*, *Junito*, Juvenal, Juvenal Santos e o filho Hipólito dos Santos, Lauro Diniz, *Leo*, Leopoldo Diniz, Luiz *Careca*, Macário, Manoel *Baiano*, Manoel *Carreiro*, Manoel *do Bebedô*, Manoel *das Moças*, Manoel *de Quelé*, Manoel *Grosso*, Manoel *Nego*, *Marão*, Marcelino *do Aterrado*, Mardoque, Matias, Mauro, Melquíades, *Mestre* Abílio, Milton, *Muquete*, Napoleão, *Nego*, Nelson de Manoel *de Quelé*, Nicolau *dos Coqueiros*, Nilson, Norberto, Orozimbo, Oséias, *Os Pegas*, *Osvaldão*, Osvaldo Machado, Pedro *Urucuiano*, Ponciano, *Preto* Marciano, *Quelé*, Randolfo e os filhos *Chico*, Catarino, *Tião*, Raimundo, Celso e Nelson, Ranulfo, Rogério, Sancho, Sebastião, Sebastião *Redondo*, Serafim, Serapião, *seu Boa* (Boaventura Corrêa de Melo, vaqueiro do coronel Manoel Joaquim, da Fazenda dos Currais), Sinésio, *Siliveste* (Silvestre), Silvério, Silvino, Silvino Santos e os filhos Mário e *Zezinho dos Coqueiros*, *seu* Aderaldo, *seu Cabrito* (Guilherme Nunes Azevedo) e os filhos Alcino, Elpídio, *Raimundinho*, Manoel *Cabrito* e *Topeu* (Domingos), *seu* Hélio, *seu Dino*, *Tonhão*, Túlio,

Ulisses, Valdemar *Redondo*, *Valzinho*, Vanderlico, Viana, Vilson, *Virgilão*, *Xandu* Carneiro, *Zé Baixinho*, *Zé Becão*, *Zé* Benedito, *Zé* Botão, *Zé* Cirino, *Zé Couro Veio*, *Zé Cuia*, *Zé* Diniz e os filhos *Tião* e Luciano, *Zé* Floresta, *Zé* Ferreira, *Zé* Gomes, *Zé* Louzada, *Zé Moranga*, *Zé* Peres, *Zé Pretinho*, *Zequinha*, *Zequinha* de Cesário, *Zé Redondo*, *Zezinho*, *Zezinho do Riacho Fundo*, *Zinho*.

E muitos outros vaqueiros cujos nomes se perderam nos buritizais, nas caatingas, nas vargens e no cerrado fechado dos tempos.

(***Informantes***: Chico *e Heitor Diniz, João Eudes Gomes, Clóvis Braga, Josias Carneiro de Abreu Filho, José Leonardo Carneiro de Abreu, Carlos Alberto Barbosa* **(Carlito)** *e Herculano Teixeira (***Duda***).*

Aboio

Geralmente solfejo sem palavras. Individual, improvisado e livremente em solo.

AO TANGER O GADO – quer seja boiadona em vastas léguas de gerais, quer seja vaquejada de logradouros de não muito longe, quer seja o cotidiano ajuntar vacas leiteiras, no pasto, quer que seja, ainda, tocando uma só rês –, os vaqueiros executam este labor com muitos gritos, xingamentos e aboio.

– Ei, boi!... Eh, boi!... Êêêê, bô-ôi!... Entra pra dentro, boi!...

– Lho-lhós!... Entra pra dentro, trem ruim, praga ruim!... Ê boi-vaca!

– Ôluvai!... Ôluvai!... Tó, tó, tó...

Diz a sabedoria popular: "Tem hora que um grito vale por dez vaqueiros".

Apareceu em Pirapora um boiadeiro de outras bandas. Depois de comprar boa quantidade de bois, levou-os para sua fazenda. Antes, porém, de soltar a boiada, o boiadeiro, estranho aos costumes do lugar, disse aos vaqueiros:

– Cada roca tem seu fuso, cada terra tem seu uso. Eu não quero ouvir aboio nem grito durante a condução do gado.

Entreolharam-se os vaqueiros com cara de quem comeu feijão cozido com carne de sol bichada. Abriu-se a porteira e o gado saiu aos mangotes, aos pulos. A pionada calada. Só se ouvia o tropel dos animais. A boiada seguia sem novidade. Até que *Chefe*, o berranteiro, mas, proibido de tocar o seu instrumento, montado num cavalo meio-queixo duro, de nome Papagaio, chegou-lhe as esporas. O cavalo deu uma popeta e soltou um peido bem alto. Foi a conta. A boiada estourou. Só horas depois se conseguiu rodear o gado. O boiadeiro olhou para o gado, olhou para os vaqueiros e disse:

– Podem gritar, aboiar e tocar o berrante à vontade.

Daí pra frente o gado viajou tranquilo até o final da jornada, entre gritos, xingamentos e aboios. A vaqueirada ria e contava casos. Até o boiadeiro deu um grito fino, desafinado e torto.

O aboio é o canto de trabalho do vaqueiro. Geralmente solfejo sem palavras. Individual, improvisado e livremente em solo.

Ao conduzir o gado, os vaqueiros aboiam um de cada vez. Quando um termina de cantar, outro já se lhe segue e assim sucessivamente. Às vezes acontece um vaqueiro apressado atravessar o aboio, como gostava de fazer *sô* Inácio *Veio*. Desafinado, ele não esperava o companheiro concluir, atravessava quebrando o ritmo.

Era comum cantar em duetos, quando se encontravam dois vaqueiros mestres no aboio, como Silvino e *sô Cabrito*.

O aboio calcado na prolongação de vogais com sua lenta melodia faz acalmar o gado, que abaixa a cabeça e segue lentamente na estrada, ora poeirenta, ora cheia de lama. E faz um bem enorme aos vaqueiros. Todos eles se transpõem para outro mundo. O mundo do estado poético em contraponto à rudeza do trabalho. Até os cavalos ficam mais dóceis e atentos.

Diz Mário de Andrade:

> (...) *o aboio, as várias maneiras de aboiar que os brasileiros empregam de Norte a Sul, apresenta toda uma escala gradativa de emissões vocais que vão do simples ruído oral interfectivo até a manifestação já por assim dizer* exclusivamente *musical.*[1]

Já Câmara Cascudo nos ensina:

> *O canto dos vaqueiros, apaziguando o rebanho, levando para as pastagens ou para o curral, é de efeito maravilhoso, mas sabidamente popular em todas as regiões de pastorícia no mundo.*[2]

Diz ainda Câmara Cascudo: "Não ter dúvida quanto à origem oriental do aboio". Estudiosos têm-no como originário do muezim ou amuadem, canto que os mouros entoavam, do alto do minarete, anunciando a hora das preces.

---

[1] *Dicionário musical brasileiro.* Coordenação de Oneyda Alvarenga e Flávia Camargo Toni. Belo Horizonte: Itatiaia, 1999. p. 2.

[2] *Dicionário do folclore brasileiro.* Belo Horizonte: Itatiaia, 1984. p. 3.

Era comum o vaqueiro sentar-se no mourão da porteira do curral, aboiando ou tocando o berrante, à tardinha, assim turvando para chamar o gado e, especialmente, as vacas paridas para darem de mamar aos bezerros.

Antes, como se disse acima, o aboio era só solfejo, de boca fechada. Já no início do século passado, introduziu-se o verso, principalmente, no Nordeste e cá nas barrancas do São Francisco também eram usados os versos.

O vaqueiro Serapião, na fazenda São José, brincando com as cidades ribeirinhas, cantava estes versos:

Januária deu um grito,
São Francisco arrespondeu,
São Romão está doente,
Pirapora já morreu...
– Vacada diz.

Ele sempre finalizava os versos com a expressão: "Vacada diz".

Transcrevemos os versos cantados, no sertão da Bahia, pelo vaqueiro Belchior Varjão:

Ôôôôô!!!
A filha do fazendeiro
falô pra empregada:
– Amanhã me acorde cedo
pr'eu iscorrê a coalhada
que os aboio *desse* vaquero

deixô-me emocionada.
Êêê... ôôô.[3]

Em Pirapora, colhemos estes versos de aboio cantados pelo vaqueiro *sô* Leonardo. Ele fazia questão de dizer que os cantava quando era vaqueiro nas fazendas da beira do rio *São Bertolameu* (São Bartolomeu), em Claros dos Poções, na época distrito do município de Jequitaí.

Ôôôôô!...
boi lááá...
Ôôôô...
Boi lááá...
Êi...êi... êi...
Gado manso vai lááá...
Ôôôô!...
Algum tempo eu fui vaqueiro
na fazenda do Capão.
Tanta sorte que eu tirei,
quem ferrou foi meu patrão.
Ôôôôô boi lááá...
Tropeiro e boiadeiro
tá na corja do ladrão.

---

[3] *In*: *Histórias de vaqueiros* – vivências e mitologia, 2. Salvador: Instituto do Patrimônio Artístico e Cultural da Bahia, 1988. p. 176.

Tropeiro furta correia,
boiadeiro furta ferrão.
Ôôôôô boi bonito vai lááá...
Oi oi oi oi...
Menina de saia curta,
perna de saltar riacho,
que subiu coqueiro arriba
e desceu coqueiro abaixo.
Mas quem parou teu cabelo
ai, moreninha,
cangote de negro macho?
Oi oi oi... boi lááá!...

Bastião possuía umas terras, coisa pouca, na beira do rio das Velhas, onde criava vacas, porcos e galinhas. Ali vivia com a mulher e os filhos.

Num desses revertérios da vida, *Bastião* perdeu tudo. Restou-lhe apenas a terra nua. Ele não perdeu, porém, o hábito da lida com as vacas. Ia às fazendas vizinhas e de lá trazia sacos de esterco para jogar no curral.

De manhã, de cima do mourão da cerca do curral, punha-se a tocar o berrante e cantar:

Vem, boi bonito, no curral de Bastião...
Ê boi, ê boi...

Depois, como se estivesse tirando leite, em voz alta, chamava as vacas pelo nome.

Dos nomes das reses

PELAS BANDAS DO SERTÃO era costume antigo nomear as reses, especialmente, as fêmeas. Dava-se o nome à novilha, ao parir pela primeira vez. Até então, permanecia o nome da vaca/mãe. Se macho, continuava a ser chamado pelo nome da mãe (filho de Predileta, filho de Boa-Sorte) até ser vendido ou morrer. Já os reprodutores e os bois de carro ganhavam nomes próprios.

Atribuíam-se os nomes ao arbítrio do vaqueiro ou do proprietário da fazenda. Geralmente, nomes ligados às coisas e animais do cotidiano com os quais o vaqueiro labutava. Ou, puramente, por achar bonito determinado nome. Ou, ainda, pela cor da rês, pela conformação dos chifres.

Manoel *Cabrito* gostava de pôr nomes diferentes às vacas de sua cuia. Indo ele a Belo Horizonte, achou bonito o nome da avenida Afonso Pena. Só que ele dizia "Aponsopena". Chegando à Marambaia logo deu a uma vaca o nome de Aponsopena. *Seu* Floriano não deixou, alegando ser nome de gente, importante político mineiro.

No início dos anos 1930, fazia um sucesso danado a música de Joubert de Carvalho – o cateretê "De papo pro ar". Na Marambaia havia o disco com essa música. Manoel *Cabrito* gostou tanto da música, que logo botou numa vaca o nome de Papuá (como ele pronunciava). Cedo, na hora de tirar o leite, ele gritava, chamando a vaca:

– Papuá, Papuá!

Aqui registro alguns nomes das vacas da Marambaia, da Mangueira, do São Domingos, do Viveiros e da Santa Maria: Lamparina, Queluz, Galizinha, Predileta, Fantasia, Menina, Francesa, Joia, Peixona, Fanchona, Papuá, Libertina, Pipoca, Amazonas, Guaraciaba, Adaíva, Mojiana, Mangueira, *Suçapara* (Suaçuapara), Baiana, Fazendona, Miranda, Sirigaita, Boa-Sorte, Java, Caneta, Dinamarca, Vila-Nova, Casa-Nova, Alpaca, Fazendinha, Patativa, Araçagoma, Mineira, Maravilha, Favorita, Sete-Copas, Balalaica, Balanceia, Mamacaca, Jurema, Palmira, Pechincha, Azeitona, Alterosa, Saracura, Caiçara, Pratinha, Carandaí, Leviana, Raposa, Chorona, Mansinha, Jabuticaba, Argentina, Maria Canela, Branquinha, Mimosa, Pretinha, Mulata, Zoio Preto e Fumaça.

E muitos outros nomes que se esvaíram nos currais da não memória.

Primeiras águas

A TARDE TINHA SIDO IGUAL às outras. Muito quente e seca. Nem sinal de chuva. Céu muito limpo como o terreiro pronto pra bater feijão.

Depois da janta, *seu* Floriano, que por muitos dias estivera fora da Mangueira, em viagem pro Boqueirão, foi deitar-se na rede, no alpendre, como gostava de fazer. Balançava-se lentamente, pra lá e pra cá. *Chico* assentou-se na ponta do banco próximo à rede. Bem que ele preferia deitar-se no banco, espichar as pernas. O cotovelo apoiado no banco, o braço fletido e a cabeça apoiada na concha da mão. Mas *seu* Floriano não gostava de ver alguém deitado no banco:

– Quer deitar, vai pra cama – dizia com intolerância e autoridade.

Elpídio e Baiano no outro banco. Assentados na calçada, tomando a fresca da noite, Venâncio, *seu* Vicente e Cesário. Este fazia um cigarro. Enquanto picava o fumo na palma da mão, segurava a palha entre os dedos. Elpídio fumava seu cachimbo. Cesário disse:

– O rio *tá* tão seco que o curral de pedras *tá* todo de fora, bom pra tomar banho – e informa que Marcelino e Basu foram, de canoa, buscar umas mudas de banana e de cana-caiana e manaíbas, na ilha do Calmão.

Seu Floriano queria saber como estava a invernada. *Chico* disse que o pasto estava bom, um pouco seco. Também lá havia pouco gado e os cavalos. As vacas paridas não diminuíram o leite.

– Também a gente dá cana pras vacas todos os dias – arrematou *Baiano*.

Elpídio chegou, nessa tarde, do São Domingos, aonde fora campear um gado que atravessara o Formoso e estava batendo lá nos sacos do morro Vermelho. Falou:

– Lá o pasto está ótimo. Só provisório. Tem gado de todo mundo. De *seu* Clóvis, do São Domingos, do *Bebedô*, até da Chapada.

E contou:

– O gado lá *tá* correndo *dimais*. Correndo só de ouvir o pica-pau *gritá*. Eu saí numa maloca de gado de *seu* Clóvis, que correu da beira do *corgo* do morro Vermelho até nas beiradas do Paulo Geraldo, onde consegui rodear o gado. Eu *tava* com os meninos de compadre Randolfo, *Chico* e Catarino. Meninos espertos. *Truxe* o gado nosso que estava lá. Novilhas amojando e vacas paridas de novo.

– Ainda não plantei o milho e o arroz na roça do *travessão* – disse *Chico* –, porque a terra *tá* muito seca.

– Não adianta *plantá*, *passo-preto* vai lá e come tudo – completou *Baiano*.

Pra Cesário, a chuva não tardará, pois nos últimos dias peixe tem *carujado* muito.

– E as formigas estão assanhadas, nas estradas – falou Venâncio.

Já *seu* Vicente queixou-se de calos doendo no pé.

Seu Floriano falava da política:

– O governo só quer saber de cobrar impostos. No ano que vem haverá eleições, vamos votar no PSD.

E deu a notícia de que havia seis poldros, no Boqueirão, vindo pra Mangueira. *Baiano* queria o mais bonito pra sela dele, já tinha até o nome: Canela.

Seu Floriano começou a abrir a boca. O sono estava chegando. *Seu* Vicente levantou-se e foi pra seu quartinho perto da cisterna. Cesário também se despediu, a mulher estava lá sozinha, com os meninos pequenos. Elpídio saiu pro terreiro, olhou pro céu e disse que o tempo estava mudando:

– Lá pra cima, no outro lado do rio, está relampeando. Relâmpagos longe.

De madrugada, trovões e relâmpagos anunciaram a chegada das primeiras águas. Caiu uma chuva bem-vinda, gostosa. O cheiro de terra molhada invadiu a casa toda.

O dia foi clareando com os primeiros raios luminosos e com os cantares dos galos e da passarinhada. Hora de tirar leite das vacas já presas no curral. Bandos de anus-brancos faziam algazarra no pau-d'óleo.

Seu Floriano dormia sono pesado.

Galinhas de pintos corriam no terreiro molhado. As pegas gritavam lá no cerrado. Bandos de ariris voavam rumo às lagoas. A coruja dava gargalhadas em cima do toco.

O menino gritou:

– Coruja, olha o soldado atrás!

A coruja virou-se para trás com os olhos bem abertos.

O menino tornou:

– Coruja, olha o soldado na frente!

A coruja virou-se para frente.

Este livro foi composto em tipologia
Minion Pro e impresso em papel
Offwhite Norbrite 66,6g/m² (miolo) e
Cartão 250g/m² (capa), no mês de
maio de dois mil e quatorze.